FRANKLIN PARK PUBLIC LIBRARY
3 1316 00378 0
WITHDRAWN
D0638860

Un futuro contigo

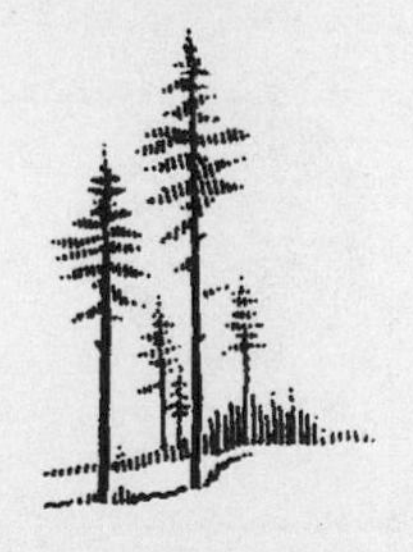

This Large Print Book carries the
Seal of Approval of N.A.V.H.

Un futuro contigo

Penny Jordan

Thorndike Press • Waterville, Maine

Título original: His City-Girl Bride
Publicada originalmente por Mills & Boon, Ltd., Londres.

Published in 2004 by arrangement with Harlequin Books S.A.
Publicado en 2004 en cooperación con Harlequin Books S.A.

Thorndike Press® Large Print Spanish.
Thorndike Press® La Impresión grande española.

The tree indicium is a trademark of Thorndike Press.
El símbolo del árbol es una marca registrada de Thorndike Press.

The text of this Large Print edition is unabridged.
El texto de ésta edición de La Impresión Grande está inabreviado.

Other aspects of the book may vary from the original edition.
Otros aspectros de éste libro podrían variar de la edición original.

Set in 16 pt. Plantin.
Impreso en 16 pt. Plantin.

Printed in the United States on permanent paper.
Impreso en los Estados Unidos en papel permanente.

Library of Congress Cataloging-in-Publication Data

Jordan, Penny.
[His city-girl bride. Spanish]
Un futuro contigo / Penny Jordan.
p. cm.
ISBN 0-7862-6418-7 (lg. print : hc : alk. paper)
1. Large type books. I. Title.
PR6060.O6257H57 2004
823′.914—dc22 2004040561

Un futuro contigo

Prólogo

El jefe del Departamento de Parejas Perfectas se rascó el ala irritado.

—Mira que es mala suerte —se quejó a su recluta más reciente y con menos experiencia—. Han convocado una reunión de todos los ángeles del Departamento de Cupido para hablar del estado actual del romance. Cada vez más gente se niega a enamorarse y a comprometerse. Si esto continúa así, nos vamos a quedar sin trabajo. Y justo tienen que convocarla cuando estoy casi sin gente y acabo de confeccionar una lista de parejas perfectas. Es demasiado tarde para pararlo y, además,... esta temporada estoy decidido a que alcancemos los objetivos que nos hemos marcado. No quiero que el idiota de la Sección de la Tercera Edad me diga que ha conseguido más parejas que nosotros. Pero no hay nadie para hacer el trabajo.

—Estoy yo —le recordó el nuevo.

El jefe suspiró y estudió la sonrisa esperanzada de su subordinado. Tener entusiasmo en el trabajo era muy importante, pero también lo era la experiencia. El problema era que tenía que emparejar a seis parejas. No tenían ni idea de que estaban hechos el uno para el otro, había que organizar su romance.

No tenía más remedio que darle el caso al recién llegado.

—Todas estas parejas han sido estudiadas detenidamente. Son cien por cien compatibles. En este departamento, no unimos parejas si no estamos completamente seguros de que serán duraderas. Nada puede salir mal. Tú solo tienes que ocuparte de que todos estén en el lugar y en el momento apropiado. Sigue mis instrucciones al pie de la letra. No experimentes ni tomes atajos, ¿entendido?

Nadie había nacido sabiendo, pero aquel estudiante había tenido la mala suerte de hacer que un perro chino de pedigrí de Nueva York se enamorara perdidamente de la siamesa de su vecino. Por suerte, todo había terminado bien. En realidad, él quería que la gata se emparejara con otro, pero…

—Hola, ¿qué tal?

El nuevo recluta hizo una mueca al ver a uno de los céfiros más traviesos.

—Estoy ocupado, así que vete a molestar a otro —le contestó. Al instante, se dio cuenta de que había hecho justo lo que no tenía que hacer porque a aquel céfiro le gustaba especialmente saber que molestaba.

—¿Que me vaya así, por ejemplo? —dijo soplando. Al hacerlo, los papeles que llevaba el nuevo en la mano, con todos los nombres de las parejas, salieron volando junto con las instrucciones de su jefe.

El céfiro se arrepintió al momento y lo ayudó a recoger todo.

El recluta intentó desesperadamente averiguar quién iba con quién y, al final, creyó tenerlo claro.

—¿De qué pareja te vas a ocupar primero? —preguntó el céfiro.

El nuevo tomó aire.

—De esta —contestó mostrándole los nombres. El céfiro frunció el ceño al ver las direcciones.

—¿Y cómo se van a conocer? —No sé, ya se me ocurrirá algo.

—¿Quieres que te ayude? —preguntó encantado. Aquello era mucho más divertido que soplar las hojas de los árboles, que era lo que le dejaban hacer.

—No —contestó, pero, al ver cómo tomaba aire de nuevo, cambió de parecer.

Lo primero era hacer que se conocieran. Que se conocieran... sí...

Capítulo 1

MAGGIE no se podía creer que se hubiera puesto a llover con tanta fuerza de repente. Le dolía la cabeza de conducir tan concentrada en la carretera. Nada más ver el anuncio, había decidido comprar la casa. Estaba segura de que era lo que su adorada abuela necesitaba para superar su tristeza.

Sabía que nada podría reemplazar a su abuelo, pero estaba convencida de que volver a vivir en la primera casa que habían compartido y que estaba llena de recuerdos de su amor le haría mucho bien. Maggie era una mujer de las que tomaba una decisión y nada ni nadie podía hacerle cambiar de parecer. Por eso, era una mujer de negocios de mucho éxito... lo suficiente como para ir a la subasta de la finca de Shorpshire en la que habían vivido sus abuelos.

Había crecido oyendo historias de aquel lugar, pero ella era de ciudad. Las fincas, el barro, los animales y los granjeros no eran para ella. A ella le gustaba su empresa de cazatalentos, su piso en el centro y sus amigas, todas solteras y profesionales, como ella. A sus abuelos los adoraba porque habían estado ahí cuando sus padres se habían separado, la habían apoyado, animado y querido. Le daba mucha pena ver a su abuela, que había sido una mujer muy fuerte, tan frágil y perdida.

Hasta que no vio el anuncio de la subasta de Shopcutte, la mansión georgiana, las tierras de labranza y los demás edificios, incluida la Dower House en la que habían vivido sus abuelos, no había sabido qué hacer. Incluso había llegado a pensar que podía perder a su abuela también. Sin embargo, ahora sabía que había encontrado la manera perfecta de alegrarla. Tenía que conseguir la casa.

Si no hubiera sido por el aguacero de agua que estaba cayendo, ya habría llegado al pequeño pueblo donde se iba a celebrar la subasta, situado junto a la propiedad, y en cuyo hotel había reservado una habitación.

El cielo estaba negro y no había coches en la carretera, que se iba haciendo cada vez más angosta.

¿No se habría equivocado de salida? No solía hacer cosas así. Ella siempre controlaba todo.

Desde el último pelo de su perfectamente cortado y arreglado cabello rubio hasta las uñas exquisitamente arregladas y pintadas de los pies, Maggie era la viva imagen de la elegancia y la disciplina femeninas. Su cuerpo era la envidia de sus amigas, así como su cutis impecable... también su impecable vida personal, sin ningún tipo de atadura emocional. Maggie era una de esas mujeres con las que los hombres no se atrevían a jugar. Después de ver el caos de sus padres con sus relaciones sexuales y emocionales, ella había decidido mantenerse soltera y, hasta el momento, ninguno de los muchos hombres que conocía le había hecho cambiar de opinión.

—Pero eres demasiado guapa para estar sola —le había dicho un pretendiente, que había obtenido por respuesta una mirada fría y despreciativa.

A veces, se planteaba dejarse llevar por la intensidad emocional y el deseo físico que otras mujeres experimentaban, pero se apresuraba a apartar semejantes pensamientos de su mente. ¿Para qué? Estaba muy bien como estaba. Y mejor iba a estar cuando fuera la propietaria de Dower House.

Era ridículo que la hubieran hecho ir hasta allí. Había intentado comprarla antes de que saliera a subasta, pero la agencia no se lo había permitido. Así que allí estaba...

No me lo creo —exclamó al ver que la carretera cruzaba por un río poco profundo y subía por la pendiente de enfrente.

Irritada, se metió en el agua. «Toma campa», pensó.

Además del ruido del motor, comenzó a oír otro ruido que, inexplicablemente, hizo que se le erizara el vello de la nuca. En seguida vio por qué. Una tromba de agua iba directamente hacia ella a mucha velocidad.

Por primera vez en su vida, sintió pánico. Apretó el acelerador, las ruedas giraron, pero el coche no se movió...

Finn no estaba de buen humor. La reunión había durado mucho más de lo que había creído e iba a llegar tarde. Iba pensando en sus cosas cuando vio un coche que no le sonaba de nada en mitad del río y una tromba de agua que se le iba encima.

No le apetecía tener que ponerse a rescatar a visitantes inesperados a los que no se les ocurría nada mejor que cruzar el río con la que estaba cayendo en un coche tan poco apropiado. Redujo las marchas de su Land Rover y frunció el ceño.

Había amasado la fortuna que le había permitido retirarse gracias a aquel cerebro perfecto para los negocios que su maestro decía que tenía, pero no quería volver a aquel mundo. Estaba contento con lo que tenía en aquellos momentos y quería que durara. El problema era que los propietarios de la granja Ryle no le iban a renovar contrato dentro de tres meses, cuando finalizaba el anterior. Por eso, había decidido hacerse con Shopcutte. Sabía que subastaban la finca en lotes, pero él la quería entera.

Era muy importante para él preservar la intimidad y la soledad. Gracias a los años que había trabajado en la City como uno de los mejores analistas financieros, podía permitirse comprar ambas.

Los que lo habían conocido cuando tenía veintipocos años no se creerían el hombre en el que se había convertido. Era diez años mayor, por supuesto que entonces... Entonces, el dinero le había dado acceso a un mundo de empresas, modelos y drogas, pero pronto se había dado cuenta de que era un mundo gobernado por la avaricia y el cinismo. Él no se había dejado embaucar por el sexo y las drogas, pero otros no habían tenido tanta suerte.

Tras la muerte de un compañero por sobredosis, la vida que llevaba comenzó a darle náuseas. Al ver cómo muchas mujeres se ofrecían a hombres de negocios a cambio de droga y cómo aquel mundo valoraba la riqueza material y no la humana, un día se despertó y decidió que no quería seguir perteneciendo a él.

Quizás, injustamente, culpó a la vida de la ciudad de pecados que cometían los seres humanos. Se cuestionó qué quería. Paz, una vida más sencilla, más sana y más natural.

Su madre procedía del campo y, obviamente, él había heredado esos genes. Decidió irse. Sus jefes le suplicaron que se quedara, pero él ya había tomado una decisión. Quería una granja donde tener cultivos biológicos y animales.

A diferencia de Maggie, en cuanto Finn oyó el rugido del agua supo lo que significaba, así que paró el coche. No se iba a poder cruzar, ni siquiera con su 4x4. Miró el coche de Maggie, malhumorado. Era un descapotable último modelo con el que solo un tonto habría intentado cruzar.

El agua le llegaba ya por la mitad de la puerta y seguía subiendo. En pocos minutos, podría arrastrarlo la corriente con su rubia ocupante dentro.

Volvió a arrancar el coche y fue muy despacio hacia el de Maggie, que no se podía creer lo que le estaba ocurriendo. Esas cosas simplemente no pasaban... y, menos, a ella. Ahogó un grito cuando el coche comenzó a moverse hacia un lado. Se la iba a llevar la corriente. Podía ahogarse incluso. Había visto un Land Rover detrás y se dijo que se estaba poniendo nerviosa sin razón. Si él podía cruzar, ella también. Intentó poner el coche en marcha.

Finn no se lo podía creer. ¿Pero aquella mujer pensaba de verdad que el coche iba a arrancar?

Se colocó a su lado y bajó la ventanilla.

Al verlo, Maggie lo miró de forma desdeñosa. Finn se dio cuenta de que era una mujer de ciudad y su enfado se multiplicó. Le hizo señas para que bajara la ventanilla también mientras la miraba con el mismo desprecio.

Maggie no le hizo caso al principio, pero el coche comenzó a moverse de nuevo.

—¿Qué diablos está haciendo? Es un coche, no un submarino.

Maggie se enfadó ante su tono de voz. Normalmente, su aspecto le garantizaba que el sexo contrario no le faltara el respeto.

—Intentando salir del río.

—Va a tener que abandonar el coche —le indicó Finn viendo que se volvía a mover. Estaba claro que, de un momento a otro, se lo podía llevar el agua.

—¿Y cómo me sugiere que lo haga? —preguntó ella con frialdad—. ¿Abro la puerta y salgo nadando?

—Eso sería peligroso… la corriente tiene mucha fuerza —contestó él ignorando su sarcasmo—. Salga por la ventanilla y súbase al techo. Mi coche está cerca, así que podrá llegar a él y meterse por la ventanilla del copiloto.

—¿Qué? —dijo Maggie. No se lo podía creer—. Llevo un traje de diseño y unos zapatos muy caros. No quiero echar toda mi ropa a perder trepando por un Land Rover lleno de barro.

Finn nunca había conocido a nadie que lo irritara más.

—Bueno, si se queda donde está, además de perder los zapatos, probablemente perderá también la vida. ¿Tiene idea...? —se interrumpió al sentir otra embestida del agua. Ya estaba bien—. Vamos, muévase —le ordenó. Para su propia sorpresa, Maggie, obedeció sin miramientos.

Al sentir dos brazos fuertes que tiraban de ella para meterla por la ventanilla como si... fuera un saco de patatas hizo que se sintiera completamente ultrajada. Entró de cabeza, sin aliento y sin zapatos.

Sin ni siquiera tener la decencia de pararse a mirar si estaba bien, aquel hombre estaba avanzando hacia la otra orilla. Consiguió sentarse, miró hacia atrás y vio que a su coche se lo acababa de llevar la corriente río abajo. Sintió que estaba temblando, pero el conductor del Land Rover no parecía preocupado por ella. Llegaron a tierra firme y comenzó a subir la ladera.

«Unos segundos más y esta idiota habría muerto», pensó Finn furioso. Hasta que el río bajara, la finca estaría aislada.

—Déjeme en el centro —dijo Maggie en tono desdeñoso—. Si puede ser, frente a una zapatería —añadió. Se dio cuenta de que no tenía zapatos, ni maletas, ni bolso, ni tarjetas de crédito...

—¿En el centro de qué? —preguntó Finn incrédulo—. ¿Dónde diablos se cree que está?

—En una carretera nacional, a unos diez kilómetros de Lampton —contestó ella muy segura.

—¿En una nacional? ¿Le parece esto una nacional? —dijo él con ironía.

No. Para empezar, era de una sola dirección, así que... así que se había equivocado. No podía ser, ella no se equivocaba nunca en ningún aspecto de su vida.

—En el campo, las cosas son diferentes —dijo—. Una vieja carretera podría ser una nacional.

Su arrogancia lo enfureció.

—Para su información... esta carretera es privada y solo lleva a una granja... la mía.

Maggie abrió como platos sus ojos marrones. Se quedó mirando a Finn mientras intentaba asimilar lo que le acababa de decir. Tenía el pelo muy oscuro y necesitaba un buen corte. Hizo una mueca de desaprobación al ver que llevaba una cazadora muy usada. La hostilidad que sentía hacia ella era evidente y experimentó lo mismo hacia él.

—Debo de haberme equivocado entonces —dijo encogiéndose de hombros. Solo ella sabía lo mucho que le costaba admitir que había hecho algo mal—. Si no me hubiera medio secuestrado, habría podido dar la vuelta...

—¿Dar la vuelta? —la interrumpió Finn—. Si no hubiera aparecido, no creo que estuviera viva en estos momentos.

Sus palabras la hicieron estremecerse, pero disimuló.

—¿Cuánto tiempo tarda el agua en bajar?

—Podrían ser días —contestó impaciente. Gente así no se debería perder en el campo. Tenían tanta idea de lo peligrosa que podía ser la Naturaleza como un niño de lo arriesgado que era cruzar la autopista.

—¿Días...?

Finn la miró y vio pánico en sus ojos. Se preguntó qué lo habría originado. ¿Y a él que le importaba aquella mujer?

—¿Cuántos... días?

Finn se encogió de hombros.

—Depende. La última vez que hubo una inundación así, duró más de una semana.

—Una semana... —repitió desesperada. Si

era cierto que esa carretera solo llevaba a casa de aquel hombre, la iba a tener que pasar con él.

Giró la cabeza y miró por el cristal de atrás. Vio su coche enganchado en una rama. Sintió pánico y ansiedad. Lo había perdido todo. A regañadientes, tuvo que admitirse a sí misma que estaba a merced de su rescatador.

Finn la miró. ¿Qué estaría haciendo una chica de ciudad como ella en un lugar tan remoto? Desde luego, no tenía pinta de que le gustara el campo. Finn olió problemas.

Finn reconocía los problemas cuando los veía, pero, inexplicablemente, se metió solo en la boca del lobo.

—Si tiene amigos por aquí, puede llamarlos desde mi casa para decirles lo que ha ocurrido.

¿Qué diablos estaba haciendo, invitándola a involucrarlo en su vida? No quería eso. Aquella mujer lo sacaba de quicio. Tanto como para... tomarla entre sus brazos y comprobar si aquellos labios sabían tan bien como parecía.

Apretó los dientes. ¿Qué le estaba sucediendo? Sacudió la cabeza.

—No he venido a visitar a unos amigos —dijo Maggie.

Finn esperó a que le dijera a qué había ido, pero ella no lo hizo y él se preguntó por qué lo fastidiaba tanto que no hubiera confiado en él. Normalmente, habría agradecido que mantuviera las distancias.

Maggie se enfadó al darse cuenta de que aquel hombre estaba esperando que le contara a qué había ido a Shropshire. Como si fuera una niña a la que un adulto le estuviera pidiendo cuentas. No era asunto suyo. ¿Por qué iba a tener ella que contarle nada a aquel... granjero?

Estaban en lo alto de la colina. La carretera era todavía más estrecha y transcurría entre pastos verdes hasta una bonita casa de estilo Tudor. Maggie vio un rebaño de animales que se apartaban de la valla al paso del coche.

—¿Qué son? ¿Llamas?

—No, las llamas son más grandes. Son alpacas. Las tengo por la lana.

—¿La lana? —repitió Maggie.

—Sí, la lana —insistió él con sarcasmo—. Es muy apreciada y muy cara. Seguro que su diseñador la ha empleado para hacer ese traje.

La molestó tanto cómo había dicho «diseñador» que fue a responderle, pero él encendió la radio y su voz quedó ahogada por la del locutor.

—Parece ser que no somos los únicos a los que ha pillado la tormenta —comentó Finn.

—Gracias —dijo Maggie—, pero no necesito traductor. Hablo inglés.

Faltaban seis días para la subasta. Seguro que las aguas habrían descendido para entonces. Ojalá no hubiera ido antes para hablar con la agencia para intentar convencerlos cara a cara de que le vendieran la casa antes de salir a subasta. Estaba dispuesta a pagarles muy bien por Dower House: Todo por ver a su abuela feliz.

Estaban llegando a la granja. Maggie vio gallinas y patos. Una escena idílica. Para otros, claro, no para ella.

—Vamos a dejar las cosas claras —le dijo él—. Estoy tan descontento con la situación como usted, sobre todo, teniendo en cuenta que no he sido yo el estúpido que ha intentado cruzar un río en plena crecida ni el que se ha equivocado…

—Cuando llegué al vado, no había agua —lo interrumpió Maggie bruscamente—. Salió de la nada, como si… —«como si la mala suerte me estuviera esperando», quería decir, pero no lo hizo—. Como propietario de este lamentable lugar, supongo que tendrá usted la obligación legal de señalizar adecuadamente lo peligroso que es el vado.

Finn no le dijo que no era el propietario de la granja. No era el momento.

—La carretera es privada —sonrió desafiante—. Por eso, no hay necesidad de poner ninguna señal.

—Me parece muy bien, pero explíqueme cómo lo sabe uno si no lo pone en ningún sitio.

—No hace falta que lo ponga en ningún sitio. Está muy claro cuando se ve en el mapa una carretera de un solo sentido que termina en mitad de la nada. Mujeres —explotó irónicamente—. ¿Por qué son incapaces de mirar bien un mapa?

Maggie ya había escuchado suficiente. Sobre todo porque una vocecilla interior le estaba diciendo que él tenía parte de razón.

—Sé mirar un mapa perfectamente y sé cómo son las personas también. Usted es el hombre más rudo, arrogante e... irritante que he conocido en mi vida —le espetó.

—Y usted es la mujer más imposible del mundo —contestó él.

Se miraron en silencio con patente hostilidad.

Capítulo 2

MAGGIE llamó a su secretaria para darle orden de que cancelara todas sus tarjetas de crédito y pidiera otras nuevas.

—¿Quiere que se las mande donde esta? —preguntó Gayle.

—No... mejor al hotel, por favor —contestó Maggie—. Otra cosa. Cuando informes a la aseguradora y al taller de lo que le ha ocurrido al coche, diles que necesito que me presten otro.

No quiso entrar en detalles y se apresuró a marcar el número de su abuela desde el teléfono móvil que Finn Gordon le había prestado. No le había dicho lo que iba a hacer, solo que salía de viaje de negocios.

La fragilidad de la voz de Arabella Russell al contestar el teléfono la emocionó.

Finn estaba de pie junto a la puerta, con una taza de té en la mano.

—¿Estás bien, cariño? —dijo Maggie con ternura.

Se alejó de la puerta preguntándose por

qué lo molestaba que hubiera un hombre en su vida.

Se habían dado los nombres a regañadientes. A pesar del estado en el que se encontraba, Maggie era una mujer deseable. Intentó tranquilizarse repitiéndose que a él siempre le habían gustado las morenas de ojos azules, pero se sorprendió mirándola.

Tras haber llamado a su abuela, Maggie miró a su alrededor. La habitación que Finn le había asignado era grande y, gracias a Dios, tenía baño. Por las ventanas se veían los prados y las colinas cubiertas de árboles. La luz del otoño estaba desapareciendo. ¿Qué iba a hacer allí?, se preguntó con amargura.

Le había pedido que le dejara su ordenador para mandar un correo electrónico a Gayle contándole lo que había pasado.

—No tengo. Prefiero tener control sobre quién entra en mi vida —había sido su contestación. Por supuesto, había sido un ataque contra ella. Maggie sospechó que odiaba la tecnología. Aquel hombre era un neanderthal. Todo el mundo tenía ordenador, menos él, claro. No creía que hubiera en el mundo ningún hombre que la irritara más y cuyo estilo de vida fuera más diferente al suyo. Rezó para que el cauce del río bajara cuanto antes... y no solo por la subasta.

Finn estaba en la cocina escuchando el parte meteorológico en la radio. Nadie parecía poder explicar el origen de aquella tormenta, que, por lo visto, solo había afectado a unos cuantos kilómetros a la redonda de su propiedad.

Finn cruzó los dedos para que el río bajara y pudiera ir a la subasta. Prefería pujar en persona que por teléfono. Le gustaba ver las caras de sus contrincantes para ver sus puntos fuertes y sus puntos débiles. No esperaba que hubiera mucha gente interesada en la casa principal y en las tierras de cultivo, pero sí en las casitas repartidas por la finca. Bajo ningún concepto quería compartirla con otros propietarios. Él necesitaba intimidad, él quería...

Se giró cuando se abrió la puerta de la cocina y entró Maggie. Se había quitado la chaqueta del traje y la blusa que llevaba le marcaba la silueta del pecho, agradablemente voluminoso para un cuerpo tan delgado. Verla con camisa de seda, pendientes de oro, falda impecable negra y sin zapatos lo hizo sonreír.

Ella levantó el mentón inmediatamente.

—Una sola palabra —le advirtió—. Una sola palabra y lo...

—¿Qué? —la retó—. ¿Me tirará algo a la

cabeza? ¿Un zapato quizás?

—Soy una mujer madura —le dijo Maggie—. No arrojo cosas... nunca.

—¿Tampoco se arroja en brazos de su novio? —se burló él—. Pobre.

Maggie no podía creerse lo que estaba oyendo. ¿Cómo diablos se atrevía a meterse en asuntos tan personales?

—No tengo novio —contestó.

Finn sabía que estaba mintiendo. Aquella mujer era la perfecta reencarnación de lo que más odiaba de la vida que había dejado atrás. Entonces, ¿por qué quería mirarla, estar cerca de ella? Había visto mujeres más guapas y más dispuestas a tener relaciones sexuales. Aquella tenía una alambrada de cinco metros alrededor para alejarlo, que era exactamente su intención. ¿Y por qué una parte de él no paraba de preguntarse qué sentiría abrazándola, besándola...?

Apretó los dientes ante aquellos pensamientos.

—Voy a encerrar a las gallinas. Si quiere cenar algo, el frigorífico es suyo.

«¿El frigorífico es mío? ¿Quiere que cene sola? Vaya hombre tan hospitalario», pensó mientras lo veía avanzar por el césped. Si hubiera estado en la City, habría estado trabajando todavía. No solía salir antes de las ocho, a veces, incluso más tarde y la mayoría de las noches cenaba con clientes o amigos. Si cenaba con amigos, elegían cualquier restaurante de moda de la City y, si iba con clientes, un sitio igual de caro, pero más discreto.

Su piso tenía una cocina de acero de vanguardia, pero no solía cocinar. Sabía cocinar, por supuesto. Bueno, más o menos. Su abuela cocinaba maravillosamente. Siempre la había animado para que se concentrara en sus estudios y la verdad era que nunca había tenido tiempo para aprender las tareas del hogar.

Pensó en cenar algo y retirarse a su habitación. Miró la mesa que había en el centro de la estancia y vio que estaba cubierta de papeles. Había una vieja silla delante de la estufa. Toda la casa tenía un aire viejo que evocó en ella sentimientos que prefirió no analizar.

Cuando era pequeña, su madre la había llevado de una casa alquilada a otra después del divorcio. Cada vez que conocía a un hombre, se iban a vivir con él y, cuando la relación se terminaba, vuelta a hacer las maletas. A algunos, una vida así les habría hecho anhelar estabilidad, comodidad y una relación, pero a ella le había hecho tener muy claro que quería ser completamente independiente.

Aquella casa le recordaba aquellos tiempos y aquella vida, y no le gustaba. No había nada en su vida actual que fuera viejo, nada sucedía al azar. Todo lo que la rodeaba era como ella: brillante, limpio, cuidado, planeado, ordenado y controlado.

Así había sido hasta el momento. Se miró los pies descalzos. Nunca iba descalza, ni siquiera cuando estaba sola en casa. Ir descalza era sinónimo de ser pobre y vulnerable, algo que le hacía sentirse débil y tener miedo, lo que la enfurecía.

Abrió al puerta del frigorífico. Se estaba volviendo peligrosamente introspectiva. Al mirar el interior, se quedó de piedra.

Finn abrió la puerta trasera y se quitó las botas. Le había costado un buen rato poner a todas las aves a buen recaudo, pero finalmente lo había conseguido.

Tenía frío y hambre. La inesperada reunión con el criador de alpacas le había impedido preparar el chile que tenía pensado para la cena. Tenía muchos papeles que mirar y no le apetecía lo más mínimo. Tal vez, fuera buena idea comprar un ordenador.

Vio a Maggie mirando dentro del frigorífico con los ojos como platos.

—¿Qué pasa? —le preguntó acercándose.

—No hay nada envasado —contestó consternada.

Tenía hambre y había esperado una cena... bueno, por lo menos, una pizza.

Finn frunció el ceño.

—¿Y qué esperaba? Esto es una granja, no un supermercado —le dijo con severidad—. Vivimos al principio de la cadena alimenticia, no al final. —Pero hay que cocinarlo todo —protestó Maggie. Lo estaba mirando con tanto desdén y arrogancia, que Finn tuvo ganas de zarandearla.

—No estamos en un restaurante de alta cocina. Por supuesto que hay que cocinarlo.

—No tengo hambre —dijo ella cerrando el frigorífico de un portazo.

—Ya se ve. Por su aspecto, cualquiera diría que se alimenta de hojas de la sobrevalorada achicoria —dijo él en tono desagradable.

Maggie no sabía qué la había molestado más: su desprecio hacia su cuerpo o hacia su forma de vida. ¿Cómo era posible que un hombre como él supiera el nombre del ingrediente de moda del momento?

—Bueno, pues yo sí tengo hambre —dijo él abriendo la nevera de nuevo.

Al tenerlo tan cerca, Maggie percibió el calor que desprendía su cuerpo y su fuerza masculina, que la perturbaba por mucho que se empeñara en evitarlo. ¿Qué demonios le estaba sucediendo? Nunca se había dejado impresionar por un cuerpo musculoso. Y tenía una cara por la que cualquier modelo habría pagado miles de dólares.

¿Cómo era posible que, con el pelo tan oscuro, tuviera unos ojos tan azules?

—¿Ha cambiado de opinión? —le preguntó Finn.

Aunque, al principio, no le había parecido atractivo, tenía que reconocer que aquel hombre era muy guapo.

—¿Qué…? ¿Yo…? —Maggie se preguntó si le estaba leyendo el pensamiento.

—Parece hambrienta —le aclaró él.

¡Parecía hambrienta! Maggie sintió que se ruborizaba, pero se dio cuenta de que era imposible que Finn se refiriera a lo mismo que ella, era imposible que supiera lo que estaba pensando y sintiendo… sí, sintiendo… por un hombre al que apenas conocía y al que no quería conocer. ¿Qué le estaba ocurriendo? Aquellos pensamientos eran imposibles, inadmisibles, impensables. Se quedaron mirándose con la puerta de la nevera abierta y Maggie sintió una sensación extraña, como un cosquilleo. Su cercanía masculina, en el más puro estilo primitivo, la hizo sacudir la cabeza para intentar que se vaciara de las imágenes eróticas que la estaban haciendo ruborizarse. Aquello no le había pasado nunca. Nunca había imaginado, soñado ni deseado imaginar ni soñar cosas así. Le pareció que el aire que estaba respirando estaba lleno de deseo y excitación. No lo entendía. Era como si algo o alguien la estuviera obligando a ver a Finn de otra forma...

Finn se quedó mirando a Maggie al ver que se le dilataban las pupilas. Se le había acelerado la respiración, había abierto la boca y sus pechos subían y bajaban. Era imposible no mirarla. Sintió deseos de cerrar la puerta de la nevera y tomarla en sus brazos...

Se apartó de ella.

—Iba a hacer chile para cenar. Hay para los dos —le dijo.

Lo había dicho en un tono raro, como si lo molestara compartir la cena y estuviera rezando para que ella dijera que no quería. ¿Por qué lo iba a hacer? No pensaba irse a la cama sin cenar por satisfacer a aquel arrogante. De ninguna manera.

—¿No irá a cocinar vestido así? —le preguntó mirando su vieja cazadora.

Él la miró y ella sintió una descarga eléctrica por la columna que no había sentido en su vida.

—No, claro que no —contestó él más amable—. ¿Por qué no va empezando usted mientras yo subo a darme una ducha? Aquí tiene la carne picada —añadió sacando una bandeja—. No tardaré.

Maggie miró la bandeja, fue hacia la encimera y la abrió. Tendría que haberle dicho antes de que se hubiera ido que ella no era la sirvienta de nadie y que se hiciera él la cena, pero ya era demasiado tarde y no tenía más remedio que ponerse a cocinar. No iba a admitir, ni bajo tortura, que no sabía cocinar.

No podía ser tan difícil. Recordó a su abuela cocinando mientras ella hacia los deberes en la mesa de la cocina. La vio sonriendo, yendo de la sartén al fregadero mientras la estancia se impregnaba de olores maravillosos...

Irguió los hombros. Podía hacerlo. Tenía que hacerlo. No iba a dar su brazo a torcer ante un... granjero.

Lo primero era una sartén. Obviamente, estarían junto a los fuegos. Encantada de lo inteligente que era, fue hacia el armario.

Cinco minutos después, había abierto todos los armarios hasta encontrar, en el del lado contrario, lo que buscaba. Y los hombres tenían la osadía de decir que las mujeres no empleaban la lógica. ¡Ja!

Echó el contenido de la bandeja en la sartén con una mueca de asco. Encendió uno de los fuegos, puso la sartén encima y se apartó. Solo tenía que esperar a que se hiciera. Bien.

Finn se secó el pelo y dejó la toalla para agarrar una camisa. No quiso analizar por qué se había afeitado también.

Le llegó un olor penetrante. Aspiró y frunció el ceño. Algo se estaba quemando. Salió corriendo sin ponerse la camisa.

Maggie no entendía qué estaba pasando. La cocina entera estaba llena de humo. ¡Y qué olor!

Era imposible que la carne picada estuviera ya. ¡Recordaba que su abuela tardaba más!

Se acercó a los fuegos con cuidado. Estaba a punto de retirar la tapa de la sartén cuando Finn entró corriendo.

—¿Qué diablos hace? —dijo dejando la sartén en el fregadero sin ceremonias. Quitó la tapa e hizo una mueca de disgusto.

—No es culpa mía que la cocina no funcione —se defendió Maggie.

—¡La cocina! —exclamó él entre dientes—. Yo diría, más bien, que es la cocinera lo que falla. ¿Se puede saber por qué no le ha puesto agua?

Agua. Maggie tragó saliva y miró en otra dirección.

—Ha echado agua, ¿verdad?

Maggie volvió a tragar saliva. A su abuela no le gustaba que mintiera, pero en esa ocasión...

—No lo ha hecho —concluyó Finn sin poder creérselo.

Maggie se encogió de hombros.

—Somos de diferentes escuelas de cocina...

—Usted no tiene ni idea de cocinar. Qué buena suerte la mía. Tengo que hospedarla en mi casa y, además, hacerle la comida —dijo en tono hosco—. Dígame, ¿cuántos defectos más posee usted? No sabe consultar un mapa, no sabe cocinar, no...

—Basta.

Maggie no sabía quién de los dos se había quedado más sorprendido de su voz al borde de las lágrimas.

Se hizo el silencio. El enfado dio paso a la sorpresa, que dio paso a una tensión sensual que desembocó en...

—Lo siento.

Maggie pensó que había sido la nota de sinceridad en su disculpa y las lágrimas que le impedían ver lo que hicieron que terminara entre sus brazos al intentar salir de la habitación.

Capítulo 3

LO siento. No quería ofenderla —se disculpó Finn quitándole el pelo de la cara. Estaba temblando ligeramente y Finn notó que su cuerpo...

—No me ha ofendido —contestó ella con voz ronca. No podía dejar de mirarlo. Sus miradas se habían encontrado, se habían gustado y se habían fundido. No quería dejar de mirarlo.

—Voy a preparar algo de cena —anunció él. Sabía que debía soltarla, pero no podía, no quería.

Maggie negó con la cabeza.

—Es a ti a quien me quiero comer —susurró—, No quiero comida. Solo a ti, Finn.

Levantó la cara hacia él y supo que aquello era lo mejor que había hecho en su vida.

Finn intentó frenar la escalada de deseo, pero, al mirarse en aquellos ojos llenos de pasión, fue como si se lo llevara la riada de agua que había acabado con el coche de Maggie.

La besó tentativamente, al principio, explorando las curvas de sus labios, pero, al sentir que se apretaba contra él y se le aceleraba la respiración, terminó gimiendo.

—Bésame, Finn —susurró Maggie insistentemente—. De verdad.

—¿Así?

Finn le puso la mano en la nuca y se miraron a los ojos. Se besaron con furia, pero sabiendo lo que hacían, sabiendo que se deseaban mutuamente. Se prodigaron infinidad de besos apasionados y rápidos, como si temieran que aquello se fuera a terminar. Poco a poco, los besos se tornaron más lentos y lánguidos.

Maggie, con los ojos cerrados, saboreó la textura de la boca de Finn. Nunca un hombre la había besado de forma tan sensual. Con solo besarla y abrazarla había conseguido que todo su cuerpo lo deseara. Todo él era como un afrodisíaco que hacía que lo anhelara con tanto ardor que le costaba respirar. Él también la deseaba. Aunque no se lo hubiera dejado claro con sus besos, su cuerpo ya lo había traicionado.

Maggie se adentró cautelosamente en su boca. Notó que él se tensaba y temblaba.

—No lo hagas a no ser que sea de verdad —le advirtió Finn con los ojos consumidos por el fuego del deseo.

Es de verdad —dijo Maggie. Miró a su alrededor. Finn se dio cuenta de lo que estaba buscando y la guió escaleras arriba en silencio.

Su dormitorio estaba enfrente del de Maggie. Estaba amueblado con sencillez y objetos normales. En cualquier otro momento, a ella le habría parecido vulgar y sin estilo, pero lo único importante era que la cama era grande, de hierro.

Hacía frío y Maggie se estremeció.

Al verla, Finn recordó el frío que hacía cuando se mudó. No tenía calefacción central, pero se había acostumbrado.

Volvió a tiritar y se acercó instintivamente a él en busca de calor. La sensación de sus brazos alrededor de su cuerpo fue tan intensa, que Maggie sintió que se le doblaban las piernas. Se besaron y le pareció que el calor de su cuerpo la estaba envolviendo por completo. Sintió sus manos por el cuerpo y comenzó a temblar, pero no de frío sino de deseo.

Finn no pudo resistir la tentación y exploró la silueta de sus pechos. Notó sus pezones endurecidos a través de la seda de la blusa. Se embriagó del erotismo de verlos apretados contra la tela y comenzó a hacer círculos a su alrededor con el pulgar.

Maggie se olvidó del frío. Deslizó las palmas de las manos por el torso desnudo de Finn. Se moría por verlo y por tocarlo. Ya, oh, sí, ya.

Descubrió que, si lo tocaba con las puntas de los dedos desde la base del cuello hasta las muñecas, se estremecía y, si bajaba por el pecho hasta descansar la mano en el cinturón de los vaqueros, se estremecía mucho más.

Al recorrerle la columna vertebral arriba y abajo, Finn consiguió que Maggie dejara de pensar en la reacción de él para fijarse en la suya. La excitación hizo que se le pusiera la piel de gallina.

Exhaló cuando se aproximó a los botones de su blusa. Al sentir sus dedos en la piel, le pareció que no le llegaba el aire.

Al quitarle la blusa, Finn se dio cuenta de que lo que estaba ocurriendo daba al traste con la vida que él creía querer.

Maggie suspiró al ver tanta sensualidad masculina en sus ojos.

Finn apretó los dientes al darse cuenta de lo mucho que la deseaba. La tensión sexual entre ellos era inaguantable.

Finn se inclinó para besarle primero un pecho y, luego, el otro. Maggie jadeó y su cuerpo se arqueó hacia él en muda súplica.

Aquello fue demasiado. Ella era demasiado. Finn perdió el control. La desnudó y la tumbó en la cama.

Maggie tembló al sentir la colcha fría en la espalda, pero el calor del deseo acabó con el frío rápidamente. Sentía sacudidas de deseo. Finn se tumbó sobre ella. Gritó de placer al sentir sus manos en la piel.

—Finn —gritó abrazándolo con las piernas y besándolo con pasión—. Ahora, Finn —suplicó—. Ahora.

Era como una riada en su propio torrente sanguíneo, la calidez del sol en una playa tropical, la claridad mágica del cielo helado y la pureza de los copos de nieve recién caídos. Era el placer más intenso que Maggie había sentido en su vida. Finn llenó su cuerpo con tanta alegría y su corazón con tanta emoción, que sus ojos lloraron y su boca dejó escapar palabras de amor. Era una revelación y, de alguna manera, una afirmación. Un mundo en el que ella nunca había creído, pero que, en secreto, siempre había querido conocer. Era Finn y era amor. Su cuerpo descendió de las supremas cotas de placer que el suyo le había hecho alcanzar, se giró y miró al hombre que había cambiado su vida para siempre.

Se miraron a los ojos y ella le acarició la cara. Finn se la agarró y la besó.

—Te quiero —dijo Maggie viendo la sorpresa seguida de emoción en los ojos de Finn.

Ella también se sorprendió de lo que acababa de decir y, de hecho, se enfadó consigo misma por haber pronunciado esas palabras porque la estaba haciendo sentirse muy vulnerable. Intentó volverse, pero Finn se lo impidió.

—¿Qué te pasa?

—Nada —contestó Maggie.

—Sí, te pasa algo —la contradijo él—. Te has enfadado porque me has dicho que me querías.

—No —negó Maggie con decisión viendo que él no la creía—. No sé por qué lo he dicho —añadió—. Ha debido de ser una estúpida reacción adolescente después de…

—¿Haber hecho el amor? —concluyó Finn.

Maggie negó con la cabeza. Ella más bien iba a decir «habernos acostado» para recordarse a sí misma cuál era la situación real. Sin embargo, algo en los ojos de Finn le había impedido decirlo.

—Maggie, somos adultos. ¿Por qué nos cuesta tanto decir la palabra «amor» para describir lo que acabamos de compartir? Ha sido amor lo que ha habido entre nosotros. Negarlo…

—Pero si apenas nos conocemos —protestó ella—. No podemos.

—¿Qué es lo que no podemos hacer? ¿No podemos decirnos que nos hemos enamorado cuando es la verdad? ¿No nos lo podemos demostrar? —dijo abrazándola con tanta fuerza que no la dejaba respirar—. No sé qué nos ha pasado, Maggie pero lo que sí sé es que ahora que ha...

Le acarició el pelo con ternura y ella dejó encantada que le demostrara aquel amor.

—¿Qué?

—Ahora que... esto... —respondió él.

La besó mientras le acariciaba la espalda. Maggie cerró los ojos y gimió. Ya habría tiempo después de analizar sus sentimientos y controlarlos. De momento...

De momento, lo único que quería era sentir la piel de Finn, su cuerpo.

Maggie sonrió triunfal al destapar el guiso, que olía de maravilla. Había preparado *coq au vin* para comer, gracias a un viejo libro de recetas que había encontrado en la cocina.

Sin duda, Finn lo llamaría «guiso de pollo».

Finn. Cerró los ojos y sucumbió a la tentación de recrear mentalmente todo su cuerpo, centímetro a centímetro.

Hacía cuatro días, ni sabía de su existencia. Hacía tres días, lo conocía, pero podría haber vivido sin él, pero ahora... ahora... sonrió amorosamente. Seguía sorprendida de la rapidez con la que se habían enamorado a la vez que desesperada por recordarse continuamente todas las razones por las que no debía comportarse de manera tan irracional e impulsiva, por qué no debía dejar que sus emociones la controlaran en lugar de ser al revés y por qué no debía sentirse tan encantada, subyugada y enamorada de Finn.

Sin saber muy bien cómo, había dejado que él la convenciera de que lo que sentían el uno por el otro era demasiado especial como para ignorarlo. Estaban enamorados. Se lo susurraban con pasión, lo decían juntos durante esos momentos, lo gritaban juntos al llegar a cotas de placer insospechadas y se lo prometían durante los momentos de gloria que seguían.

Maggie había conseguido quitarse, con cautela, el escudo protector para pasar a creerse lo que estaba sintiendo, a hacer planes...

Aquella mañana, se había despertado y había visto a Finn mirándola.

—¿Qué pasa? ¿Qué haces? —le había preguntado soñolienta acariciándole la cara.

—Mirarte —había contestado él con voz ronca—. ¿Sabías que te aletea la nariz cuando duermes?

—Eso no es cierto.

—Claro que sí —había insistido él con ternura—. Y abres la boca un poquito, lo que me tienta a besarte para comprobar si tus labios son tan suaves y cálidos como parecen.

—No será porque no hayas tenido oportunidad de comprobarlo ya... —bromeó ella.

—Sí, pero no es suficiente. Nunca, nunca, nunca tendré suficiente. ¿Quieres que te lo demuestre?

Maggie se había reído y había intentado escapar en broma, pero él la había agarrado entre sus brazos para no dejarla marchar.

—Lo sé —había dicho Finn mirándola tan sensualmente, que Maggie había sentido mariposas en el estómago de excitación—. Y también sé que si te toco aquí... —había añadido jugueteando con sus pezones.

Por fin, se habían levantado a las diez de la mañana. «Muy tarde para un granjero», le había dicho él.

Estaba con los animales, no tardaría en volver. Y, entonces...

Maggie volvió a dejar la cacerola en el fuego y se concentró en el parte meteorológico que estaban dando en la radio.

El nivel de las aguas había descendido y no había nubarrones a la vista.

Eso quería decir... «que llego a la subasta», pensó con alivio.

Llevaba toda la mañana, mientras preparaba la comida, haciendo planes. La granja solo estaba alquilada, según le había dicho Finn. Eso quería decir que podía volver a la ciudad con ella. Frunció el ceño. Para ser sincera consigo misma, la preocupaba un poco que un hombre de su edad solo tuviera una propiedad alquilada. Y, además, una falta de ambición absoluta... claro que eso se podía arreglar.

Era inteligente y, con su apoyo y su ayuda, seguro que no tardaría en conseguir trabajo en la City. Si ella, con los contactos que tenía, no podía ayudarlo... Mientras tanto, estaba dispuesta a mantenerlo económicamente. Se le hacía un poco raro imaginárselo viviendo en su pequeño piso, decorado con elegancia minimalista, pero ya se las arreglarían. Lo llevaría a una buena tienda para comprarle un buen traje y haría reserva en uno de sus restaurantes favoritos para presentarle a sus amigos.

Organizarían una boda pequeña y elegante y se irían de luna de miel a algún lugar lejano y romántico.

Enfrascada tan feliz en sus pensamientos, no oyó a Finn. Se quitó las botas y se quedó mirándola. ¿Era cierto que hacía solo cuatro días le había parecido la mujer más inaguantable del mundo? Sonrió, se acercó a ella y la abrazó antes de besarla en el cuello.

—Mmm... qué bien huele —le dijo.

—Mi perfume —respondió ella con voz ronca. ¿Cómo era posible que con tan solo un beso quisiera...?

—No, me refería a la comida —dijo Finn.

Maggie fingió indignación mientras lo abrazaba.

—Han dicho en la radio que el nivel del río está bajando —ronroneó apretándose contra su cuerpo mientras él le acariciaba el brazo en el mismo lugar donde la noche anterior su boca la había hecho gemir.

—Sí, yo también lo he oído.

Sin dejar de mirarlo a los ojos, Maggie recordó que no había hablado con su abuela. Estaba acostumbrada a que se fuera de viaje de negocios y estuviera ilocalizable un par de días, pero quería llamar a Gayle para que le dijera a su abuela que pronto se pondría en contacto con ella.

No quería llamarla directamente porque, aunque Arabella Russell nunca había emitido juicios sobre los demás ni había querido imponer su forma de ver las cosas a los que la rodeaban, queda explicarle lo sucedido en persona. No se sentía cómoda pensando que su abuela podía estar preocupada, pero tampoco quería que Finn le tomara el pelo por preocuparse por ella.

Sabía que podía parecer ridículo que una mujer hecha y derecha como ella se preocupara por lo que a su abuela le pudiera parecer que se hubiera enamorado de un desconocido y no quería arriesgarse a que Finn se burlara.

Al ver la preocupación en sus ojos, Finn no

tuvo más remedio que admitirse a sí mismo lo que había creído saber desde la llamada que Maggie había hecho el primer día. No era el único hombre en su vida. Al principio, se dijo que no importaba, pero no era así.

Quería sinceridad por encima de todo ya que el amor que sentía por ella así se lo pedía. ¿Y si le decía que ya lo sabía? Quizás...

—Finn, ¿puedo llamar por teléfono? Tengo que llamar a una persona —preguntó Maggie viendo que él fruncía el ceño.

—¿A alguien especial? —preguntó él todo lo casualmente que pudo cruzando los dedos para que ella le confesara que había otro hombre, pero que, debido a lo que compartía con él, la relación con el otro se había terminado.

Alguien especial. Maggie se tensó. Su abuela era especial, pero no quería hablarle a Finn aún de ella ni de por qué significaba tanto en su vida. La cautela que había regido su vida hasta hacía cuatro días no la había abandonado por completo.

—No... A mi secretaria.

Finn se dio cuenta inmediatamente de que le estaba ocultando algo. En silencio, rezó para que se lo contara antes de...

Confundida, Maggie esperó una respuesta. ¿Por qué una simple llamada había hecho que se preocupara tanto?

«No hay nada que hacer», pensó Finn. Decidió que, si Maggie no se lo decía, tendría que forzar un poco el tema, dejar clara su postura, poner las cartas sobre la mesa y decirle lo que esperaba de su relación y que solo admitía por su parte un completo compromiso.

Sabía que era una apuesta arriesgada. Lo habría sido incluso si no hubiera habido otro hombre en su vida porque hacía muy poco tiempo que se conocían. Sin embargo, debía hacerlo. Tal vez, al ver lo que quería de ella, bajara la guardia y le dijera la verdad.

Finn tomó aire, la agarró de los hombros y la miró a los ojos.

—Antes de que hagas nada y de que hables con nadie, quiero decirte una cosa... una cosa que no le he dicho ni he querido decirle nunca a ninguna mujer.

Hizo una pausa. Maggie intentó adivinar de qué se trataba. Estaba impaciente por llamar a Gayle para decirle que pronto volvería a Londres para poder contarle a Finn los estupendos planes que había estado haciendo para ambos. Cuanto antes volviera a la ciudad, antes podría ponerse manos a la obra para empezar la maravillosa vida que iban a compartir.

—Dime —le dijo con curiosidad. Ya se habían confesado su amor, así que no podía ser eso.

—Quiero que te vengas a vivir conmigo.

Finn vio la sorpresa en sus ojos y sintió que el corazón le pesaba dentro del pecho.

—¿Maggie? —le dijo al ver que ella no decía nada—. Sé que tienes tu vida y tus compromisos en la ciudad... —bajó la mirada para que no viera lo que estaba pensando. La había escuchado cuando le había hablado de su empresa de cazatalentos intentando que no viera el asco que le daba la vida que le estaba recordando.

En un principio, Maggie pensó que estaba de broma, pero se dio cuenta de que no era así. Sintió nuevas emociones, pánico, miedo, furia, luchando contra el amor que sentía por él. Ganó la traición, la desilusión y el retorno a la realidad desde un mundo de fantasía.

—¿Que me venga a vivir aquí? Es imposible —contestó apartándose de él—. ¿Cómo has pensado...? —añadió mirando a su alrededor y de nuevo a él.

—¿Imposible? ¿Por qué? —insistió él aunque sabía el motivo y se acababa de dar cuenta de que Maggie no le iba a contar la verdad. Aquello le dolía. Le había dicho que lo quería, pero la había oído llamar «cariño» a otro hombre con tanta dulzura que estaba claro lo mucho que significaba para ella.

Había esperado y rezado para que se lo contara, para que dijera algo, lo que fuera, que explicara y excusara su falta de honestidad, pero no había dicho nada, se había dado a él con dulce pasión y él había sido incapaz de resistirse aunque se despreciaba por ello. Por primera vez en su vida, había tenido que admitir que no podía controlar sus sentimientos, que no podía dejar de quererla aun a sabiendas de que estaba con otra persona.

Cuando le había dicho que lo quería, le había mentido. Le había pedido que se fuera a vivir con él y se había negado... obviamente por el otro hombre, pero no quería decírselo. ¿Si eso la convertía en una mentirosa, en qué lo convertía a él? ¿Qué había esperado oír, que lo que tenía con el otro no significaba nada, que solo le importaba él, Finn? ¿Pero dónde se creía que vivía, en el mundo de Alicia en el País de las Maravillas?

Una aventura, unos días de sexo con un desconocido, eso era lo que había sido para ella. Cuántas mujeres así había conocido en el pasado y cuánta pena le habían dado por lo que se estaban perdiendo de la vida. ¿Quién le iba a decir a él que se iba a terminar enamorando de una de ellas?

Maggie estaba sorprendida. ¿Cómo podía

pretender Finn que viviera allí? Lo culpó por truncar sus maravillosos planes. En lugar de sentirse culpable, como debería ser, Finn le estaba dando a entender que la culpa de todo la tenía ella. Si de verdad la quería, como había dicho, tendría que haberse dado cuenta de lo imposible que le resultaría vivir en un lugar así.

Finn sintió que una capa de decepción y dolor envolvían su corazón. Sintió que lo embargaba de amargura.

—Tienes razón —dijo en tono duro—. Es imposible. ¿Qué vas a hacer? ¿Te vas a ir sin dar las gracias? Tendría que haber recordado que a las mujeres de ciudad como tú les gusta pasárselo bien de vez en cuando... sobre todo, cuando nadie se tiene por qué enterar, cuando os podéis ir sin más. Bueno, antes de que te vayas, te voy a dar una cosa para que no te olvides de mí.

Maggie no tuvo tiempo de reaccionar. Finn se abalanzó sobre ella y la presionó contra la pared. La besó con salvaje pasión, dejando al descubierto su furia... y su deseo.

Maggie tuvo que admitirse a regañadientes que ella también lo deseaba. Abrió la boca y recibió besos enfadados de la suya. Cerró los puños y lo golpeó para intentar quitárselo de encima. Quería que se apartara de ella, pero también quería consumirse con él en las llamas de la pasión. Lo odiaba y lo deseaba. Quería destrozarlo y quería abrazarlo. Quería sentirlo dentro, no dejarlo salir, hacerlo su prisionero, hacer con él lo que quisiera, hacer que dependiera de ella, que la deseara, que se muriera por ella, que...

Al soltarla Finn de repente, estuvo a punto de caerse. El hecho de que fuera él quien la rechazara hizo que lo mirara con furia.

Finn rompió el silencio. Habló sin emoción haciendo que Maggie sintiera un nudo en la garganta.

—No sé quién me da más asco de los dos.

—Esta mañana, me has dicho que me querías y ahora...

—No es amor —la interrumpió Finn—. Solo Dios sabe qué era, pero se parecía tanto al amor como un diablo a un ángel —añadió. Solo él sabía lo mucho que le había costado negar sus sentimientos, anteponer el orgullo y la realidad a la intensidad y la vulnerabilidad de su amor, de aquel amor que se había jurado a si mismo destruir.

Incapaz de hablar porque no sabía lo que podía decir, cómo podía traicionarse, Maggie giró sobre sus talones y se fue.

Capítulo 4

MAGGIE no se había dado cuenta de que Shrewsbury fuera una ciudad tan activa. Había llegado en el coche de alquiler que Gayle le había conseguido, lo había aparcado y estaba buscando la tienda de ropa que su secretaria le había indicado para adquirir algunas cosas. La ciudad había resultado ser más interesante de lo que había previsto. Tres cuartas partes estaban circundadas por el río, y tenía un rico pasado histórico.

Allí habían detenido la invasión galesa, allí habían llegado los ricos comerciantes de lana con sus rebaños. Maggie se paró en seco al ver una bonita casa con jardín junto a uno de los arcos medievales. Al doblar la esquina, vio la tienda que andaba buscando, con un escaparate tan maravilloso como cualquiera de los comercios que frecuentaba en Londres.

Maggie abrió la puerta y una mujer de amplia sonrisa la saludó. Llevaba un traje negro de corte inconfundible. Era de uno de los diseñadores de moda. Maggie le explicó lo que le había ocurrido y lo que estaba buscando.

—Creo que tenemos justo lo que necesito, —dijo la dependienta—. Una de nuestras clientas habituales, que tiene más o menos la misma talla que usted, acaba de cancelar parte de su pedido. Ha conocido a un hombre en Nueva York y se queda allí con él.

Mientras le iba hablando, le iba dando diferentes cosas para que se probara. Maggie se enamoró al instante de un abrigo de cachemira de color caramelo, tan suave como la mantequilla y muy calentito. Al probárselo y ver la mirada de aprobación de la dependienta, pensó que le gustaría que Finn la viera con él, una debilidad que se apresuró a apartar de su cabeza recordándose una y otra vez que no debía pensar en él.

¿Para qué? No tenía necesidad. Al ver su cara de angustia mientras se quitaba el abrigo, la dependienta creyó que era por el precio y le aseguró que se trataba de un diseño exclusivo.

—Está bien. Me encanta —la tranquilizó sin poder evitar volver a recordar a Finn.

Finn, Finn. ¿Por qué no podía dejar de pensar en él? ¿Por qué se dejaba arrastrar por aquella fuerza destructiva que la llevaba a vincularlo con todo lo que hacía? Una hora después, salió de la tienda con el abrigo y con un traje de chaqueta.

Por primera vez en su vida, irse de compras no la había ayudado a recuperarse. A pesar del acogedor ambiente y del delicioso capuchino que la empleada le había preparado, Maggie sentía un vacío frío en su interior. Tenía una sensación de tristeza y de pérdida parecida a la que había tenido de pequeña cuando se veía a sí misma como a un bicho raro y envidiaba a sus amigos por tener familias felices.

Eso había sido antes de irse a vivir con sus abuelos, con quienes había hallado amor y seguridad. Con el tiempo, decidió que la soledad y la independencia, tanto económica como emocional, era mucho más valiosa que un sentimiento en el que no se podía confiar, como tampoco podía hacerlo en los que aseguraban sentirlo por ella. De nuevo a salvo en su espacio personal, no podía entender cómo diablos se había comportado así y cómo había creído haberse enamorado. Simplemente, no se lo explicaba. El amor era demasiado inestable, inseguro y volátil como para formar parte de su vida.

Se felicitó a sí misma por haber recobrado la cordura. Lo que había ocurrido había sido vergonzoso, toda una debilidad desconocida en ella, pero, al menos, no había sufrido daños irreversibles. Sin duda, para Finn, tan guapo y sensual, no había sido más que otra tonta que se había dejado engañar. Sintió que le ardía la cara al obligarse a recordar hasta qué punto había sido una tonta. Menos mal que nunca lo iba a volver a ver, se dijo mientras miraba el reloj y se apresuraba a bajar por las callejuelas hasta donde había dejado el coche.

Solo tardaría una media hora en volver al hotel de Lampton, al que había llegado la tarde anterior en el taxi que la había recogido en casa de Finn. Le había costado mucha paciencia y todas sus dotes de negociadora convencer al director del hotel para que le dejara dinero para pagar al taxista y le permitiera llamar a Gayle, quien no solo había dado razón de ella sino que le había dado al hombre el número de su propia tarjeta de crédito para pagar el hotel. Para alivio de Maggie, el dinero que su secretaria le había dejado hasta que estuvieran sus tarjetas nuevas había llegado por giro postal aquella misma mañana.

Titubeó un momento al recordar la expresión de Finn al verla marchar. Finn. Lo que había ocurrido entre ellos había sido un acto inexplicablemente contrario a su naturaleza y daba gracias porque, al final, hubiera triunfado la realidad y las cosas hubieran vuelto a la normalidad.

A pesar del calor que le daba su recién

comprado abrigo, Maggie se estremeció. Su cabeza tardó dos segundos más que su cuerpo en darse cuenta de por qué. El hombre que estaba de pie en mitad de la calle no era otro más que Finn.

—Finn —susurró mientras notaba la reacción de su cuerpo. Primero, un frío helado de sorpresa tan peligroso como un torrente y, luego, un calor incontrolable como un fuego a punto de devorar el bosque.

—¡Maggie! —gritó él bajando la guardia ante el inesperado encuentro. Le necesidad de tomarla entre sus brazos y de llevársela a un lugar apartado donde poderle mostrar lo que su cuerpo deseaba fue tan fuerte, que se vio a sí mismo dando un paso al frente.

Al verlo ir con decisión hacia ella, Maggie sintió pánico. Se apresuró a ver cómo podía escapar. No pensaba hablar con él porque en esos momentos emocionalmente era muy vulnerable. Vio una calle estrecha a un lado y se apresuró a meterse por ella mientras el corazón le latía a mil por hora al oír a Finn gritar que lo esperara.

Después de que Maggie se hubiera ido, Finn se había intentado convencer de que se alegraba de que se hubiera ido y se había recordado todas las razones por las que una relación entre ellos nunca funcionaría. Sin embargo, había soñado con ella, la había deseado, se había despertado a las seis de la mañana hambriento de ella no solo físicamente, sino emocionalmente, sintiéndose desamparado sin ella y enfadado consigo mismo por ello.

Era imposible que supiera que estaba en Shrewsbury. Maggie lo sabía y no podía dejar de pensar que verlo había sido el destino. Aquello la asustaba y la enfurecía, como si ella hubiera tenido la culpa de alguna manera de su aparición, como si lo hubiera conjurado al pensar en él. Aunque estaba huyendo de él, una parte de ella quería que la siguiera, que la alcanzara y que…

¿Y qué? ¿Que la estrechara entre sus brazos y le jurara que no iba a dejar que se fuera? ¿Que pudiera retroceder en el tiempo hasta…? ¿Se estaba volviendo loca? Era granjero, no mago.

Ignorando la vocecilla interior que le advertía que no iba a conseguir nada prolongando su agonía, Finn entró en la calle por la que se había metido Maggie. En ese momento, apareció su vecino, que le cortó el paso y se puso a quejarse de cómo estaban los tiempos para las granjas. Como sabía que al hombre lo que le pasaba era que estaba muy solo, Finn se obligó a escucharlo aunque aquello le impedía ir tras Maggie.

¿Qué estaba haciendo en Shrewsbury?

¿Por qué no había vuelto a Londres? Nunca le había contado qué la había llevado a Shropshire... habían tenido otras cosas más interesantes que hacer que ponerse a hablar de su agenda cotidiana.

Maggie... Finn cerró los ojos y sintió que el dolor de su pérdida lo embargaba.

Maggie sacó la llave para abrir la puerta del coche y miró hacia atrás. No vio a Finn en el aparcamiento. Se dijo que se alegraba de que no la hubiera seguido. Si lo hubiera hecho, le habría dicho que estaba perdiendo el tiempo. Lo habría hecho, ¿verdad? Arrancó, paró, volvió a mirar a su alrededor y se fue lentamente.

La subasta no se iba a celebrar hasta el día siguiente por la mañana, pero el agente inmobiliario encargado había accedido a verla y Maggie tenía esperanzas de poder convencerlo para que le vendiera Dower House sin sacarla a subasta. No le importaba tener que pagar lo que fuera. Tenía que comprarle la casa a su abuela; le había parecido más triste que nunca cuando la había llamado desde el hotel.

Lampton era una localidad rural pequeña y tradicional, con una mezcla de varios estilos arquitectónicos que dejaba constancia de su crecimiento a través de los siglos. Al aparcar en la puerta de la agencia, se dio cuenta de que habría tardado menos si hubiera ido andando. Aunque con los preciosos zapatos de tacón que llevaba...

Seguro que a Finn le habrían parecido poco prácticos y ridículos... lo que, sin duda, quería decir que hacían juego con ella.

Finn. ¿Por qué volvía a pensar en él? ¿Había olvidado que él quería que se fuera a vivir a aquella granja apartada? Un movimiento muy inteligente. Sabía perfectamente que lo que le estaba sugiriendo era completamente imposible. Lo habría sorprendido si hubiera dicho que sí.

Al menos, había sido una manera original de deshacerse de ella.

Mientras empujaba la puerta, tuvo que luchar contra un sentimiento de pérdida que quería anclarse en su corazón. Se dijo que debería dar gracias por haber vuelto a la realidad en lugar de lamentarse por haber perdido una loca fantasía de la que había tenido suerte de poder escapar.

—Lo siento mucho —dijo Philip Crabtree, el agente inmobiliario—, pero tengo órdenes estrictas de subastar la finca y no vender antes.

¿Por qué? —insistió Maggie—. Estoy dispuesta a pagar lo que sea.

Al hombre le cayó bien. Era obvio lo importante que era para ella Dower House, pero no podía hacer nada.

—Lo único que le puedo decir es que son órdenes del propietario.

—¿Quién es el propietario? preguntó Maggie... Quizás pudiera hablar con él en persona.

—Un estadounidense que ha heredado sin esperarlo esta finca y otra más grande también en Gran Bretaña. Ha dejado muy claro cómo quiere que se lleve a cabo la venta. Iba a venir en persona, pero no ha podido porque le ha surgido algo. Lo siento —repitió al ver la cara de Maggie—. Ya veo lo mucho que quiere la casa.

—No es para mí —le explicó—. Es para mi abuela —añadió resumiéndole la situación.

El hombre se mostró todavía más amable.

—Ojalá pudiera hacer algo, pero tengo que cumplir las exigencias del cliente. Quizás no debería decírselo, pero no hay mucha gente interesada, así que no debe usted preocuparse por los demás postores.

Maggie le dio las gracias y se fue. Sabía que debería sentirse más tranquila, pero habría sido mejor si hubiera sabido que la Dower House ya era suya, sin tener que esperar a la subasta.

Además, quería irse de Shropshire cuanto

antes. Por si acaso. Por si acaso, ¿qué? Por si volvía a ver a Finn y le decía que se había equivocado, que había recapacitado y se había dado cuenta de su error, que la amaba locamente y que le diera una segunda oportunidad…

Por un momento, se permitió regocijarse ante aquel supuesto. No porque quisiera verlo, no, claro que no, sino para que quedara claro que era ella quien tenía razón. Solo por eso. De hecho, era un alivio saber que no lo iba a volver a ver. «Sí, desde luego que lo era», pensó de camino al hotel.

Al dejar la carretera principal y entrar en el camino arbolado que conducía a la mansión georgiana de la finca donde se iba a celebrar la subasta, Maggie no pudo evitar fijarse en el esplendor de los alrededores. Los árboles estaban en toda su gloria otoñal y el sol bañaba el aparcamiento. La casa era impresionante, ni demasiado grande ni con anejos que le hubieran restado solemnidad.

Tenía una amiga en Londres que se acababa de casar con treinta y tantos años y que estaba desesperada por encontrar una casa así y, sospechaba ella, desesperada también por sacar a su flamante marido de la arena londinense donde otras muchas mujeres lo asediaban. Cuando le dijo que no le parecía bien que renunciara a su excelente trabajo, su amiga le contestó que tenía pensado trabajar desde el campo y que lo único que necesitaba era la casa apropiada. Quería una casa de estilo georgiano, como la que ten! frente a sí.

No se podía negar. Era preciosa. Maggie dejó el coche detrás de otros tres.

La puerta principal estaba abierta y pasó al salón donde se iba a celebrar la subasta, en el que había unos folletos como el que ella ya tenía con un listado de los objetos que se iban a subastar.

La casa principal y sus jardines, la granja y sus edificios no le interesaban... aunque los pudiera haber comprado, que no era el caso. Solo una persona extremadamente rica podría comprar el lote entero. No, a ella solo le interesaba Dower House, que era el lote número cuatro.

Estaba a unos dos kilómetros de la casa principal, tenía un bonito jardín privado y acceso directo a la carretera principal. Al entrar en el salón, comprobó que Philip Crabtree tenía razón. Aparte del él y una joven que debía de ser su ayudante, solo había otras seis personas.

En cuanto la vio, el agente se acercó a ella y le presentó a su ayudante para pasar a decirle que el hombre fornido de traje que estaba examinando, con su contable, la desgastada seda amarilla que cubría las paredes era un constructor que quería la casa principal, las cuadras y los garajes con fines inmobiliarios, que el hombre que estaba mirando por la ventana, era granjero, había llegado acompañado por su hijo y estaba interesado en las tierras de labranza y que la joven, pareja que estaba de pie y nerviosa quería comprar una de las casitas.

—Normalmente, cuando hacemos subastas en la ciudad, vienen muchos curiosos. Si hubiéramos subastado muebles y otros objetos, habría venido mucha más gente, pero no es el caso porque el mobiliario va con las casas y no tiene valor.

Philip miró el reloj. La subasta estaba a punto de comenzar y el agente parecía preocupado. Maggie le dio las gracias por la información y se alejó.

La tela de las paredes estaba descolorida por el sol y, a pesar de que había viejos radiadores en la estancia, hacía frío y olía a humedad y a viejo. A pesar de ello, Maggie sintió una sensación de preocupación y compasión, como si la casa le estuviera diciendo lo mucho que anhelaban que la quisieran de nuevo, que le devolvieran la vida.

Aquellos pensamientos intensos y repentinos la pillaron por sorpresa cuando el agente anunció que la subasta iba a empezar.

Mientras iba hacia el semicírculo de gente, Maggie vio que Philip estaba mirando detrás de ella, como si…

Se giró y se quedó de piedra al ver a Finn. Sintió que el corazón le daba un vuelco. ¿Cómo la había encontrado? ¿Cómo se había enterado..? Intentó recomponerse diciéndose cómo debería estar reaccionando, lo que debería estar sintiendo. Desde luego, no aquella mezcla de angustia dulcemente dolorosa y de alegría. Consiguió controlarla. ¿Cómo demonios se atrevía a presentarse allí sabiendo que no tendría más remedio que hablar con él? Sí, así estaba mejor.

Sin embargo, bajo el enfado seguía sintiendo aquella excitación y aquel placer que su cuerpo había registrado nada más verlo. No pensaba ir a hablar con él en esos momentos. Tendría que esperar a después de la subasta, hasta que estuviera preparada y en guardia…

—Vaya, Finn, menos mal. Empezaba a creer que no ibas a llegar.

Al ver la simpatía y el alivio con los que el agente lo saludaba, Maggie puso freno a sus pensamientos. Era desagradablemente obvio que Philip esperaba la llegada de Finn.

—Siento llegar tarde —se disculpó Finn dejando de mirarla. En cuanto el agente volvió a su sitio, volvió a mirarla y Maggie tuvo claro, por la expresión seria de su rostro, que no había ido a buscarla.

La ayudante de Philip, loca por hablar con Finn, casi se la llevó por delante. Llegó a su lado, le sonrió y se colocó tan cerca de él que, si se hubiera acercado un centímetro más, le habría rozado. Era obvio que estaba tonteando con él.

Y Finn, por supuesto, estaba disfrutando de su atención. ¿Qué hombre no lo habría hecho?

Los miró con desprecio, pensando lo horrible que era dejarle tan claro a un hombre lo interesada que se estaba por él, y en ese momento Finn la miró.

¿Qué vio en aquellos ojos azules e invernáles? Burla, vanidad, desprecio, furia, además de hostilidad y sospecha; todo aquello hizo que ella lo mirara con resentimiento y orgullo. Aun así, no fue capaz de dejar de mirarlo, por lo que fue él quien dio por terminado aquel duelo.

La subasta había comenzado y Maggie decidió concentrarse en ella. El constructor había empezado pujando por la casa principal una cantidad que sorprendió a Maggie, pero la verdadera se la llevó cuando vio al subastador mirar detrás de ella. No pudo evitarla. Se giro y vio que Finn, un granjero sin granja, estaba pujando por una casa que el constructor no estaba dispuesto a soltar así como así, como lo indicaba su movimiento de cabeza por dos millones de libras.

La batalla entre Finn y el constructor siguió. Ella, que había creído que Finn debía de pasar apuros económicos, estaba viendo cómo la casa se aproximaba a los tres millones.

Al llegar a los tres millones doscientas cincuenta mil libras, Maggie vio que el constructor miraba a su contable y aceptaba la derrota de mala gana.

Sin poder creérselo, vio al agente dar la enhorabuena a Finn con visible alegría y pasar a subastar la tierra.

Si creía que ella iba a felicitarlo también, estaba muy equivocado, pensó dándole la espalda. Se iría ahora que había conseguido lo que quería, ¿verdad? Se ruborizó al recordar el loco pensamiento de que había aparecido en la subasta buscándola. Menos mal que no le había dicho nada que le hubiera dejado ver lo que estaba pensando. Eso la habría puesto a tiro de sus burlas y su rechazo.

Finn vio cómo Maggie se giraba. Todavía no se había repuesto de la sorpresa que le había causado encontrarla allí ni del dolor que le había provocado darse cuenta de que no estaba allí por él.

Casi distraídamente, asintió al agente dando a entender que le interesaba la tierra. Había estado a punto de llegar tarde a la subasta por su culpa. Una noche en la que apenas había dormido y en la que había soñado con ella había hecho que le ocurriera algo que nunca le ocurría: se había quedado dormido. Nada más enterarse de que la finca iba a subastarse, había decidido comprarla. Sería el colofón de una década de búsqueda, pero, en lugar de concentrarse en la subasta, no podía dejar de pensar en Maggie.

¿Qué estaba haciendo allí? Pujar por uno de los lotes, era obvio. ¿Cuál? Ni la casa principal, ni las tierras. Frunció el ceño y levantó el brazo para igualar la cantidad que ofrecía Audley Slater, un granjero de la zona cuya familia llevaba varias generaciones allí. Sus tierras estaban junto a las de la finca y Finn entendía muy bien por qué quería comprarlas, pero Audley defendía la agricultura intensiva mientras que él sabía que podía drenar los prados y vender los derechos de pesca del río. Lo que quería era quedarse con los prados y devolverles su aspecto original.

A Maggie no le interesaban las tierras, así que tenía que ser una de las casitas o la Dower House.

Finn volvió a fruncir el ceño. Philip no le había comentado nada de los demás compradores, solo que había gente interesada en las casitas y en Dower House. Él no le había querido revelar sus intenciones y se había limitado a decirle que le interesaban la casa principal y las tierras.

Por el rabillo del ojo, Finn vio a Audley negar con la cabeza.

Cinco minutos después, cuando las tierras ya eran suyas, el otro granjero se acercó a él.

—Te va a llevar media vida rentabilizar las tierras al precio que has pagado por ellas —le espetó. Maggie vio a Finn hablando con el granjero contra el que acababa de pujar. A su lado, la joven pareja se abrazaba y hablaba en voz baja.

—No queda mucho —le dijo el agente al pasar junto a ella.

La puja por las casitas no fue muy larga. En cuanto la pareja se dio cuenta de que Finn estaba interesado, casi se dieron por vencidos. Maggie sintió pena por ellos. Sintió que el estómago se le revolvía cuando el subastador anunció la Dower House.

—Se trata de una preciosa casa georgiana con amplio jardín y excelente ubicación, que necesita algunas reformas. La puja comienza en doscientas mil libras.

Sin mirar a Finn, Maggie levantó el folleto.
—Doscientas mil libras —dijo con ansiedad.

Así que era la Dower House lo que le interesaba. Claro, perfecta para retirarse los fines de semana con su novio. El hombre del que no le había hablado, el que, tal y cómo se le había entregado, él nunca habría adivinado que tenía si no hubiera sido por aquella llamada telefónica. Si Maggie se quedaba con la casa, sin duda, la derribaría por dentro, llevaría a un equipo de arquitectos para rehacerla y, cuando estuviera terminada, desembarcaría el mejor decorador de interiores de Londres.

La Dower House pertenecía a la finca, era parte de su historia y bajo ningún concepto iba a permitir que ningún visitante de fin de semana viviera junto a él. Ninguno... y, menos, Maggie y su pareja. Superó su puja. Le costara lo que le costara, no iba a dejar que Maggie comprara Dower House. No podría aguantar tenerla cerca, aunque solo fuera de vez en cuando, recordándole ciertas cosas que no quería recordar.

Maggie apretó los dientes intentando que no se le notara el enfado. Lo estaba haciendo aposta, seguro. El subastador le había dicho prácticamente que la casa era suya, que no había nadie más interesado. Desalentada, comprobó que Finn volvía a igualar su oferta. Trescientas mil libras. No podía pararse...

Ignorando el interés que su batalla estaba creando en los presentes, Maggie y Finn siguieron adelante. Trescientas cincuenta, trescientas setenta y cinco, cuatrocientas...

Cuando ofreció cuatrocientas veinticinco mil, vio que el agente la miraba con preocupación. Saber que sentía pena por ella no hizo más que azuzarla. Cuatrocientas cincuenta, cuatrocientas setenta y cinco. Maggie estaba llegando a su límite, pero no le importaba. Solo quería ganar... solo quería que Finn no la ganara.

Estaba de pie a menos de dos metros y, sin poder evitarlo, se giró hacia él.

—¿Por qué estás haciendo esto? —le dijo en voz baja.

—¿Tú qué crees? —contestó él con la misma dureza—. No voy a permitir que te quedes con la Dower House, Maggie. No me importa lo que cueste.

Maggie sintió que la aprensión estaba a punto de igualar a la furia.

—¡Quinientas mil!

Sintió un escalofrío que le recorría la espalda al oír a Finn pujar con voz fría y dura. Cuando él dejó de mirarla y miró al agente, Maggie sintió la inusual llamada del riesgo y, en lugar de escuchar a la vocecilla interior que le pedía prudencia, se puso a hacer números. Tendría que volver a hipotecar su piso de Londres poniendo de aval su empresa, además de dejar las cuentas a cero...

Al final, la ruina a la que se tendría que enfrentar si dejaba que su orgullo la arrastrara hizo mella en ella. Sentía la tensión que reinaba en el ambiente, la fascinación que su duelo había creado entre los demás. Su orgullo le dijo que no tirara la toalla, pero la realidad era que no podía seguir. Al darse cuenta de su vulnerabilidad, sintió fuego en los ojos y no quiso pararse a pensar qué amargas sensaciones lo provocaban. Con la cabeza bien alta, miró a Finn fijamente por primera vez desde que había empezado la subasta. Él la miró también con ojos fríos e inexpresivos.

El agente estaba esperando que igualara la última cantidad que había dicho Finn. Maggie negó con la cabeza, horrorizada por las inesperadas lágrimas que brotaron de sus ojos. No pudo soportar más y se fue hacia la puerta.

Acababa de llegar al coche cuando Finn llegó a su lado. Quería hablar con ella antes de que se fuera, pero se había retrasado negociando con la joven pareja. Resultó que eran de la zona; él era ingeniero agrónomo y acababa de terminar la carrera con excelentes notas. Finn decidió alquilarle una de las casitas a buen precio a cambio de que trabajara para él.

En cuanto a Maggie y a la Dower House, sabía que había hecho lo correcto, lo único que podía hacer, pero hubo algo en el modo en el ella lo había mirado aceptando su derrota que… ¿Que qué? ¿Que le hizo pensar que se había comportado mal, que había sido injusto?

—Maggie…

Al oír su voz, sintió que las emociones la envolvían. Se giró y lo miró.

—Si vienes a pavonearte de tu victoria, no te molestes —rió amargamente—. Supongo que debería haber sabido que nunca me dejarías ganar. Qué bonito debe de ser tirar así tanto dinero sin reparar en las consecuencias. Espero que te haya merecido la pena.

—Así ha sido —le aseguró Finn igual de enfadado—. Habría pagado el doble para impedir que gente como tú se hiciera con Dower House…

—¿Gente cómo yo? —repitió ella furiosa.

—Gente de la ciudad que viene al campo a pasar solo el fin de semana —contestó él—. El campo es para vivirlo todos los días, no para venir de vez en cuando.

—Ah, ya entiendo. Soy lo suficientemente buena como para llevarme a la cama, pero no para tenerme de vecina. ¿Es eso lo que me estás diciendo? Mira, para tu información…

—se interrumpió al darse cuenta de que era la segunda vez en menos de media hora en la que sus sentimientos la llevaban al borde de las lágrimas.

—Que nos acostáramos no tiene nada que ver con Dower House —mintió Finn. En su fuero interno, sabía que el hecho de haber sido amantes tenía todo que ver con no quererla de vecina. No quería que compartiera Dower House, y su cama, con el hombre al que había llamado «cariño», no cuando se había pasado toda la noche muriéndose por estar con ella y seguía sin querer admitir que era imposible que hubiera una relación con Maggie.

—Has pujado por Dower House para fastidiarme —lo acusó al recobrar el control.

—No —negó Finn—. Quería comprar la finca entera...

—No fue eso lo que me dijo el agente —protestó Maggie—. Él me dijo que nadie más iba a pujar por Dower House.

Puede que creyera eso, pero...

—Pero, en cuanto te diste cuenta de que yo la quería, decidiste —quitármela —lo interrumpió con amargura y furia.

—Hay otras casas —apuntó Finn.

—No para mí.

Parecía angustiada. Finn sintió ganas de consolarla. Había repuesto su vestuario desde que se había ido de su casa. Llevaba el abrigo de cachemira de color caramelo con el que la había visto en Shrewsbury y unos pantalones a juego con un fino cuerpo de punto que le marcaba los pechos. Estaba elegante, pero vulnerable. La delicadeza de su pequeño rostro con forma de corazón y aquellos enormes ojos castaños hicieron que Finn se enfadara consigo mismo por sentir lo que estaba sintiendo.

Se giró bruscamente y, al hacerlo, una ráfaga de viento le abrió el abrigo, que no llevaba abrochado. Automáticamente, se lo colocó y Finn hizo lo mismo. Sus manos se tocaron y Maggie retiró la suya como si se hubiera quemado. La de Finn fue a parar a su cadera.

Finn se encontró recordando su fragilidad y el deseo se disparó en su cuerpo.

—Maggie.

La necesidad que se adivinaba en su voz tuvo en ella el mismo impacto que el alcohol en un estómago vacío. Se sorprendió a sí misma inclinándose hacia delante para satisfacer aquel deseo condensado en su nombre. Los dos estaban pensando en lo mismo. Desnudos, en la cama...

—Suéltame —dijo en un hilo de voz. Sintió pánico de sí misma, de su reacción, de lo que podría revelar si seguía allí.

Se alejó de él, pero no podía ir a ningún sitio. Estaba atrapada entre Finn y el coche. Sintió el enfado y la excitación luchando por ganar la batalla interna. Finn estaba inclinándose.

Sus labios dijeron «no», pero fue demasiado tarde. El beso que se dieron fue hostil y vengativo, una fiera presión de labios contra labios, boca contra boca, lengua contra lengua durante la batalla que libraron uno contra otro y contra sí mismos.

El tiempo que había estado entre sus brazos le había enseñado el peligro que representaba para ella la sensualidad de Finn, y aquel beso le dejó claro que había hecho bien alejándose de él.

Sentir emociones tan intensas la asustaba. Saber que era capaz de desear tan apasionadamente a un hombre que la enfurecía tanto, desearlo tanto que una parte de ella estaba saboreando la salvaje pasión del encuentro, la sorprendió y horrorizó. Darse cuenta de que era capaz de dejarse llevar completamente por los sentimientos de una manera que iba en contra de todo lo que era importante para ella le hizo sentir pánico. Un pánico que la ayudó a apartar la boca, a empujar a Finn, abrir la puerta del coche y meterse dentro.

Mientras la veía alejarse dejando una estela de grava y polvo, Finn intentó recuperar la respiración y el control sobre sus sentimientos. ¿Por qué diablos había hecho aquello? Distraídamente, se tocó el labio inferior e hizo una mueca de dolor al tocarse el lugar que Maggie le acababa de morder. Nunca había conocido a una mujer tan apasionada, contradictoria y peligrosa… y deseó no haberla conocido nunca.

No haber conocido nunca a Maggie y, menos, sabiendo que estaba con otro hombre.

Capítulo 5

ME alegro de poderla ver antes de que se fuera de la ciudad —dijo Philip al llegar corriendo al vestíbulo del hotel de Maggie justo cuando ella se iba—. Siento mucho lo de Dower House —añadió ignorando el frío recibimiento.

Usted me dijo que nadie más iba a pujar por ella —le espetó Maggie incapaz de controlarse, tal y como había decidido hacer cuando lo había visto corriendo hacia ella. Una humillación como la que había sufrido a manos de Finn no era fácil de soportar.

No había querido quedarse una noche más en Shropshire, así que se iba a Londres.

—Yo creía que iba a ser así —insistió el agente. Estaba tan angustiado que Maggie supo que le estaba diciendo la verdad.

—Finn me dijo que quería la casa principal y las tierras. Yo di por hecho que el resto no le interesaba. Él también me propuso comprar antes de la subasta y a él también le expliqué el deseo del propietario de que se subastara en lotes. Normalmente, como ha sido el caso, se obtiene más dinero así.

Finn llevaba tiempo buscando una granja o una pequeña finca —hizo una pausa y se encogió de hombros incómodo—. Lo siento, de verdad. No tenía ni idea de que fuera a pujar por Dower House.

Maggie le sonrió levemente. Sospechaba lo que le había hecho cambiar de opinión tan de repente. En cuanto se había dado cuenta de que a ella le interesaba, había decidido arrebatárselo a cualquier precio.

—Bueno, yo tampoco podía ofrecer más —dijo fingiendo una dejadez que no sentía en absoluto.

«No, pero lo ha intentado», pensó Philip recordando que la casa había alcanzado casi el doble de su precio de mercado.

Estaba acostumbrado a ver a dos personas ofuscadas por conseguir lo mismo en una subasta, la determinación que se apoderaba de ellos para superar la puja del contrario, pero no recordaba un ambiente tan tenso como el que se había creado entre Finn y Maggie. Al ver la expresión de la cara de ella al abandonar la sala, se había preocupado y había ido detrás para asegurarle que él no tenía conocimiento previo de las intenciones de Finn.

—Sé lo mucho que Dower House significaba para usted —añadió con la certeza de que había llorado al verse derrotada—. Finn es un hombre muy generoso, un filántropo. Quizás, si fuera a hablar con él, se la alquilaría... Sé que lo va a hacer con una de las casitas, se la va a alquilar a Linda y Pete Hardy, la pareja que estaba en la subasta. Están encantados con Finn. Además, Pete va a trabajar para él. Una de las razones por las que querían ver si podían obtener la casa a buen precio era porque Linda es enfermera, pero Pete no tenía trabajo.

Mientras digería tanta generosidad por parte de Finn hacia la joven pareja, su respuesta fue inmediata.

—No.

Maggie se dio cuenta de que la fuerza de su negativa había sorprendido al agente.

—Quería regalarle la casa a mi abuela, no darle un contrato de alquiler —añadió intentando sonreír.

Aunque la explicación era algo ilógica, lo ultimo que iba a hacer era contarle la verdad de por qué Finn se negaría a hacer cualquier cosa por ella.

—Bueno, si está segura, me voy a ir a ver a Finn —dijo Philip—. La compra de la finca va a dejar su cuenta reducida en varios millones de libras... no es que no pueda permitírselo, no es eso.

Le estaba hablando de Finn como si ella supiera su situación exacta.

—No sabía que la agricultura diera tanto dinero —dijo sabiendo que se iba a arrepentir por dejar llevarse por la curiosidad.

El agente se río.

—No es por la agricultura. De hecho, los planes de Finn en cuanto al cultivo biológico no tienen mucha aceptación por aquí, particularmente por parte de Audley Slater, pero Finn no vive de la tierra. Amasó una auténtica fortuna como analista financiero en la City y tuvo el acierto de comprar acciones. Ganó millones —le explicó.

Finn había sido analista financiero en la City. Maggie no se lo podía creer. Era incapaz de ver a Finn como uno de aquellos jóvenes de los que se contaban historias increíbles de todo tipo de excesos.

La revelación del agente la afectó más de lo que quería admitir, pero consiguió sonreír educadamente y estrecharle la mano antes de irse.

¿Por qué no le había dicho nada? ¿Por qué le había hecho creer que no sabía nada de la ciudad? Darse cuenta de lo poco que sabía sobre él, de lo mucho que se había equivocado, reforzó su miedo a las relaciones.

La plaza estaba prácticamente vacía. ¿Qué esperaba? ¿Ver el Land Rover de Finn? ¡Un Land Rover lleno de barro! Los analistas financieros llevaban deportivos rápidos y caros, salían con modelos y actrices. Les encantaba la vida de la ciudad y las mujeres de ciudad. Pero no a Finn.

Lo único que Finn sentía por las mujeres de ciudad era desprecio...

¿Por todas las mujeres de ciudad o solo por una?... ¿Solo por ella?

Maggie se metió en el coche apesadumbrada. Tenía un largo trayecto por delante y estaba decidida a no seguir pensando en Finn Gordon. ¿Para qué? Al fin y al cabo, no significaba nada para ella. Absolutamente nada.

Finn no sabía qué estaba haciendo. Tenía cosas mejores que hacer que perder el tiempo. ¿Por qué tenía que pedir perdón, además? Enfrascado en sus pensamientos, avanzó por las estrechas calles hacia el hotel de Maggie. Cualquiera diría que estaba buscando cualquier excusa para verla y no era así en absoluto. Ya tenía a otro hombre en su vida y, aunque no hubiera sido así, había dejado muy claro que no estaba dispuesta a dejar su vida en la ciudad.

Aparcó y se recordó que, de todas formas, tenía que ir al centro para ver a Philip.

—Finn, iba justo a la oficina para llamarte.

Finn maldijo en silencio y miró hacia el hotel. El recuerdo del beso que se habían dado tras la subasta todavía lo hacía acalorarse...

—Vengo de ver a Maggie Russell... me sentí obligado. No sabía que tú también estabas interesado en Dower House y me temo que le hice creer que era la única compradora interesada. Por suerte, he llegado antes de que se fuera.

¿De que se fuera? ¿Maggie se había ido?

Las repentinas ganas que le entraron de entrar en el coche no eran para salir corriendo tras ella, ¿verdad?

—Le sugerí que hablara contigo para ver si se la alquilabas —continuó Philip—. Porque, al fin y al cabo, para ti es mejor tenerla alquilada que vacía. Además, sería una inquilina muy buena. Es una mujer mayor, viuda y...

—¿Qué?

Finn se quedó mirando al agente. Su grito lo había dejado confundido.

—Una viuda mayor —repitió—. Es su abuela. Maggie me contó la historia cuando vino a verme para ver si podía comprar la casa antes de que saliera a subasta. No creo que le importe que te la cuente.

Finn sí lo creía, pero le dio igual.

—Parece ser que sus abuelos vivieron en Dower House nada más casarse. Su abuelo murió hace poco y está preocupada por su abuela. Cuando vio que Dower House iba a ser subastada, pensó en comprarla para ella, para animarla.

Su abuela. ¡Maggie quería la casa para su abuela! Finn digirió en silencio la información. Recordó la expresión de sus ojos cuando se dio cuenta de que le iba a arrebatar la casa.

Aquello hizo que la viera de forma completamente diferente, como una mujer preocupada por sus seres queridos. No le había hablado de su abuela, solo de su empresa. Tampoco había hablado de que tuviera pareja. Más bien, había dicho todo lo contrario.

Aquella tarde, mientras volvía a su casa, seguía pensando en ella. Al pasar por el vado, se sorprendió mirando el agua como para ver si encontraba uno de sus inadecuados zapatos. Aquella mañana, se había dado cuenta de que llevaba otro par con tacones igual de altos, pero, en lugar de parecerle lo menos adecuado y más peligroso para el campo, le pareció que había algo especial en su indumentaria que la hacía única.

No tener familia era algo que siempre lo había atormentado. Sus padres se habían casado mayores, así que él no había conocido a sus abuelos. Su padre había muerto de un infarto poco después de que él cumpliera dieciocho años y su madre murió menos de un año después. Su experiencia le había enseñado lo importante que era la familia.

—Y entonces Bas me dijo que no le importaba cuánto tiempo tuviera que estar pidiéndomelo, pero que no iba a parar hasta que le dijera que sí me quería casar con él, así que decidí darle el sí inmediatamente para ahorrarnos tiempo los dos.

Maggie río con las demás ante la historia de Lisa, que llevaba un inmenso solitario en la mano cuando semanas antes había jurado y perjurado que nunca se casaría.

Las ocho llevaban cinco años reuniéndose una vez a la semana. Todas eran mujeres trabajadoras, independientes, de entre veinte y treinta y tantos años, con casa propia, coches, dinero suficiente para comprarse un solitario si quisieran y decididas a quedarse solteras. Pero las cosas estaban cambiando.

Maggie no estaba segura de poder decir a ciencia cierta cuándo se habían empezado a operar los cambios, pero sabía que era así. Habían pasado de hablar de negocios a hablar de temas mucho más personales. Habían empezado a colarse los nombres de sus familiares en las conversaciones, así como las confesiones de las presiones sufridas por parte de las familias por no estar casadas y no tener hijos. El vínculo se había hecho más fuerte. Maggie había disfrutado de aquel acercamiento porque sus amigas eran importantes para ella y sabía que no era la única que pensaba así. Los amigos, tal y como sabía todo aquel que leyera la prensa, se habían convertido en las nuevas familias.

Sin embargo, las cosas estaban volviendo a cambiar y a Maggie no le estaba gustando. Había empezado Caitlin al volver de unas vacaciones en Irlanda y anunciar que se iba a vivir con su novio.

—Mi hermana tiene un bebé precioso —les había dicho—, y me he dado cuenta de que soy cinco años mayor que ella, así que, como no tenga cuidado…

—Es tu reloj biológico, que te llama —había dicho Lisa. Así había comenzado todo.

Ahora, todas tenían pareja… excepto ella, pensó Maggie mientras las demás se reían y tomaban el pelo a Lisa. Ellas habían cambiado, no ella. Ahora hablaban de tener otros objetivos en la vida. Mientas hablaba con sus amigas, pensó que Finn, con su estilo de vida de vuelta a la naturaleza, estaba más cerca de sus amigas que ella. Se sintió… sintió casi como si no las conociera, coma si fuera una extraña. Y, sin querer analizar por qué, decidió que Finn tenía la culpa. ¿Por qué no? Al fin y al cabo, era culpa suya que pensara en él.

—Por supuesto, mi madre ha saltado al

ruedo —estaba diciendo Lisa— y no sé cómo voy a hacer para que no me organice una boda por todo lo alto… y Bas no me es de mucha ayuda. Él la anima, más bien. Si se sale con la suya, no sé cómo voy a llegar al altar porque nunca he conocido a un hombre tan desesperado por ser padre…

—Es lo que se lleva ahora —interrumpió Charlotte—. A los hombres les encantan los niños. Todas están trabajando menos, haciendo menos horas, insisten en que quieren pasar más tiempo con sus familias. He perdido la cuenta de la cantidad de parejas que conozco que se han ido de la ciudad el año pasado y todo por los niños —añadió encogiéndose de hombros—. La verdad es que no hay nada más acogedor que una gran casa en el campo desde la que puedes trabajar y en la que cabe toda la familia. Mucha gente está convenciendo a sus padres para que se vayan con ellos, también. Porque, claro, ¿quién mejor para cuidarte a los niños que los abuelos?

Maggie escuchó el debate que se desencadenó a continuación y sintió una punzada de dolor, de no pertenecer allí, pero aquellas eran sus amigas, las mujeres con las que había compartido sus sueños y esperanzas durante cinco años. Eran, junto a su abuela, su única familia.

—Irse a vivir al campo está de moda —apuntó Tanya—. Mirad Greta y Nigel. Los que tienen recursos económicos, quieren una casa en el campo y un pisito en la ciudad, pero...

Mientras las demás seguían hablando, Maggie no dijo nada, enfrascada como estaba en su propio dolor.

—Estás muy callada, Maggie —dijo Charlotte mirándola. No le dio tiempo a contestar porque Lisa se dirigió a ella.

—A Maggie todo esto no le debe de hacer ninguna gracia. Te debemos de parecer todas unas traidoras, ¿verdad? —rió.

—No, claro que no —contestó Maggie. Vio que ninguna la creyó y que, de repente, había quedado excluida de su recién estrenada proximidad.

—Anteponer las relaciones es lo que todo el mundo hace ahora, Maggie —le dijo Tanya amablemente.

Tanya sabía lo que decía. Tenía un buen puesto de trabajo, pero hacía seis meses se había ido de vacaciones a una isla, había conocido a un hombre y lo iba a dejar todo para irse con él a hacer senderismo por los Andes.

No hacía falta que nadie le dijera lo que ya sabía. Últimamente, había hecho multitud de contratos con cláusulas en las que se dejaba muy claro que querían tiempo para estar con sus familias.

En el pasado, sus reuniones se habían alargado, pero ahora parecía que todas tenían algo que hacer… menos ella. Volvió a casa andando y, a mitad de camino, se metió en un supermercado.

Una vez fuera de nuevo, se preguntó por qué había sentido la imperiosa necesidad de comprar los ingredientes necesarios para hacer chile.

—Abuela, ¿por qué no te vienes a Londres conmigo? Podemos ir de compras y hay una obra de teatro muy buena —sugirió Maggie a su abuela aquel fin de semana.

—No… no. Te agradezco que pienses en mí, pero no tengo ánimo. Al menos, en esta casa me siento más cerca de tu abuelo aunque solo viviera aquí unos meses.

Sus abuelos se habían mudado a una casa más pequeña seis meses antes de la muerte de su abuelo. Maggie sintió un nudo en la garganta. Cada vez estaba peor. Estaba cada vez más cansada y más derrotada, como si…

Sintió pánico. Si Finn no le hubiera impedido comprar Dower House, le podría estar diciendo a su abuela que tenía una sorpresa muy especial para ella. Podría estar viendo su alegría al pensar en volver a la casa que había compartido con su marido recién casados. Sabía que en aquella casa, habría encontrado fuerzas para seguir adelante.

Finn... Finn...

Se levantó y corrió a la cocina, abrió todos los armarios, buscando...

—Maggie, ¿qué haces?

Maggie miró a su abuela sintiéndose culpable.

—Ehh... voy a hacer chile.

—¿Qué?

Maggie, roja como un tomate, cerró los armarios. ¿Qué le estaba sucediendo? ¿Por qué, cada vez que pensaba en Finn, sentía aquellas ganas irrefrenables de comer chile?

La asociación de ideas era una cosa, pero llevarla hasta límites ridículos era otra. Sentir la necesidad física de preparar chile para sentirse más cerca de él, de los momentos que habían compartido en la granja, estaba empezando a preocuparla. ¿Por qué necesitaba aferrarse a aquellos recuerdos como si... como si fueran un manto protector que la librara de su ansiedad?

Había pasado más de un mes sin verlo... bueno, cinco semanas, dos días y siete horas con cuarenta y cinco minutos; en realidad. No las había contado, no, si no le importaba, qué va. En absoluto. Era completamente feliz tal y como estaba. Tenía una vida perfecta, tenía todo lo que siempre había querido tener. Si su abuela...

Maldito Finn. Maldito él y maldita su idea de que la gente de la ciudad no comprara casas en el campo. ¿Qué derecho tenía a decidir lo que los demás podían o no podían hacer? Ninguno... Excepto tener dinero suficiente como para pagar dos veces más de lo que costaba una casa para quitársela a otra persona. Bueno, pues que fuera feliz en su inmensa mansión, con sus tierras y sus alpacas y su Dower House vacía... No, en realidad, esperaba que fuera desdichado porque era lo que se merecía. No como su adorada abuela, que no merecía ser desdichada en absoluto.

Finn miró con tristeza a su alrededor. Hacía tres días que había tornado posesión de la finca, había llevado el ganado y había contratado a un equipo de profesionales de primer orden para trabajar con él. Entonces, ¿por qué no estaba feliz? En realidad, se sentía muy desdichado.

Desde la biblioteca, donde había instalado su despacho, veía por el ventanal Dower House, vacía tras su muro de ladrillo. A pesar de que la temperatura era agradable, porque la calefacción, sorprendentemente, funcionaba bien, la casa le parecía fría.

Según la ayudante de Philip, necesitaba

un toque femenino. Finn sabía exactamente a qué mujer se estaba refiriendo. Pero ella no era su tipo. No era… Maggie.

Se enfadó con la vocecilla que le había dicho aquello. El día anterior, había ido a ver Dower House. La estructura estaba bien, pero, por dentro necesitaba reformas, como la casa principal.

—Es una pena que un sitio así esté vacío —le había dicho Shane Farrell, el hombre que había contratado como guarda—. A mí, no me importaría vivir aquí.

—Había pensado que tú te quedaras con la casita que hay junto a la de Pete —había contestado Finn.

Shane tenía razón. Era una pena que una casa así no tuviera ocupante, sobre todo sabiendo…

Se levantó y fue hacia la mesa. Descolgó el teléfono y buscó el número de su abogado.

Cuando llegó a casa, había una carta esperándola. Eran las nueve de la noche y había tenido un día agotador. Gayle estaba de baja con bronquitis y, para rematarlo, la mujer con la que había contactado discretamente en nombre de uno de sus mejores clientes la llamó enfadada para decirle que sus actuales jefes sabían lo que estaba haciendo cuando ella había dejado muy claro que era imprescindible que las negociaciones sobre el nuevo puesto de trabajo fueran secretas. Maggie sospechaba que había sido el socio de la mujer quien había filtrado la información. Trabajaban en lo mismo, pero él no estaba tan bien considerado. Aun así, no podía arriesgarse a formular la acusación en voz alta.

También la habían llamado sus clientes, enfadados también tras haber recibido una llamada de la mujer. Había llegado tarde a comer con otro cliente, maniático de la puntualidad, porque se había pasado un buen rato al teléfono intentando calmarlos. Después de comer, había llamado a su abuela y se había puesto muy nerviosa al no poder localizarla ni en casa ni el móvil, que había insistido en que llevara.

Al final, cuando estaba a punto de irse a Sussex para comprobar que estaba bien, había contestado el móvil y le había dicho que no solía hacerlo cuando estaba visitando la tumba de su abuelo porque le parecía mal.

Sin Gayle, Maggie se encontró con papeles hasta el cuello. Lo último que necesitaba era la llamada de un hombre al que le había buscado trabajo el año anterior y que no había querido aceptarlo finalmente. De repente, le había dicho que «lo arreglara todo» con su cliente porque sí le interesaba.

Su profesionalidad había sido lo único que había hecho que se mordiera la lengua y no le dijera cuatro cosas. Eso y la satisfacción de decirle amablemente que «arreglarlo todo» no estaba en su mano.

Abrió la puerta de casa, recogió el correo y la cerró. El elegante edificio georgiano en el que vivía no tenía portero automático, entre otras cosas, porque no iban con la estética arquitectónica del conjunto. Aquello a su abuela le había encantado.

—Lo siento, Maggie, pero no me fío de esos horribles aparatos. Me da la impresión de que no me oyen —le había dicho mientras Maggie se reía—. Estoy mucho más tranquila sabiendo que estás protegida por un portero a la antigua usanza y que la puerta del portal tiene una buena cerradura. La tecnología está muy bien, pero donde esté una buena cerradura de las de toda la vida...

Siempre que iba a visitarla, le llevaba algo de comer. No solo para ella, también para Bill, el portero, que era viudo y vivía en el sótano con un gran gato y que no se entendía muy bien con los sistemas generales de calefacción y aire acondicionado.

Al entrar, percibió el insoportable calor. El silencio de su casa la ponía nerviosa. Incluso había soñado que se despertaba con pajaritos cantando y los sonidos del campo.

Ridículo. Odiaba el campo. Era sucio, húmedo y estaba lleno de hombres con botas y Land Rover sucios, que se hacían pasar por modestos granjeros cuando tenían millones de libras que utilizaban para impedir que gente como ella comprara una propiedad en su amado campo.

Se quitó el abrigo y abrió el correo. Se paró en seco furiosa. ¿Cómo se atrevía? Fue a la cocina y volvió a salir. Recogió la carta que había tirado y la releyó.

Finn se había enterado de que había querido comprar Dower House para su abuela y, con la condición de que ella nunca se fuera a vivir allí con su pareja, estaba dispuesto a alquilársela por una suma adecuada, sobre la que tendrían que hablar. Si le escribía diciéndole que estaba de acuerdo, él se pondría en contacto con sus abogados para que prepararan los documentos.

Maggie no se lo podía creer. Qué arrogancia. Atreverse a…

¿Se habría creído que iba a…? ¿A qué se refería con aquella condición de que no podía ir con su pareja? ¿Qué pareja? ¿Cómo había podido pensar que había estado con él…? Sí, allí vio claramente al analista financiero. Claro, para él la idea de fidelidad debía de ser estúpida. ¿Escribirle? ¡No, tenía una idea mucho mejor!

Capítulo 6

EN la autopista, Maggie intentó pensar qué le iba a decir a Finn. Había creído que, tras una noche de sueño, se le habría pasado el enfado, pero no había sido así. ¡Cómo se atrevía a organizar su vida! ¿Con qué objeto había cambiado de opinión? ¿Para que le estuviera eternamente agradecida? ¿Después de esa condición tan insultante que había puesto? ¿De verdad creía que, si hubiera estado con otro hombre, se habría comportado como lo había hecho con él? Por no decir que, si de verdad hubiera estado con otro, jamás le habría permitido que le dijera cuándo o dónde tenía que verlo.

Enfrascada en su enfado, fue recorriendo kilómetros hasta que el hambre hizo mella en su estómago y le recordó el tiempo que hacía que no comía. La noche anterior no había cenado porque estaba demasiado furiosa y aquella mañana estaba demasiado ocupada dilucidando qué le iba a decir para que no se atreviera a intentar controlar su vida de nuevo como para pensar en desayunar. Se había tomado solo una taza de café y en esos momentos su cuerpo le estaba diciendo que necesitaba alimento.

Irritada, buscó un sitio donde comer. Hubiera preferido llegar a Shrewsbury enseguida, en lugar de tomar desvíos.

El lugar donde comió le recordó los lugares que solía frecuentar en Londres. Mientras esperaba a que le sirvieran la comida, estudió al grupo de jóvenes, hombres y mujeres, sentados en la mesa de al lado. Vio que, si no fuera por la localización, no había mucha diferencia entre aquellas personas y sus amigos de Londres. Oyó a uno de los jóvenes decir que había dicho que no a un trabajo en Londres porque, aunque le pagaban más, no quería renunciar a sus amigos ni a su familia.

Maggie se estremeció. ¿Habría acertado Tanya cuando le dijo que estaba en otro mundo, que se aferraba a valores y creencias que ya no eran viables? Las chicas le habían asegurado que compromiso, con C mayúscula, era la palabra que corría de boca en boca, la que generaba expectación y esperanza y lo que todo el mundo quería.

—En el fondo, todos queremos que nos quieran —había dicho Lisa—. Lo que pasa es que a nuestra generación le ha costado mucho tiempo admitirlo. Nacimos cínicos. Miramos a nuestros padres y sus estilos de vida y decimos «no, gracias». Preferimos ser solteros que arriesgarnos a pasar lo mismo que ellos. Los tiempos son diferentes... nosotros somos diferentes. Vemos dónde se equivocaron ellos, lo importantes y valiosos que son los valores que ellos dejaron de lado por creerlos superfluos. Y lo mejor es que, esta vez, son los hombres los que insisten en el compromiso. Amor, matrimonio, hijos, familia... de eso se trata ahora, Maggie. La generación «yo» y todo lo que representaba ha desaparecido. Ahora, lo importante es el «nosotros»... compartir, querer, amar. Es maravilloso.

—¿Desde cuándo ves todo de color de rosa? —había contestado Maggie secamente. Sin embargo, las palabras de Lisa habían quedado grabadas en su memoria a pesar de querer desterrarlas de ella por cómo la hacían sentirse.

Sin querer darle más vueltas al asunto, pagó y salió del restaurante. Estaba a tan solo una hora de la finca. No iba a tardar mucho en decirle lo que pensaba de su carta y, como no iba a quedarse a escuchar lo que tuviera que decir, estaría de vuelta hacia Londres antes de que anocheciera.

Mientras iba hacia el coche, se dio cuenta de que había bajado la temperatura y se abrochó el abrigo.

—He estado buscando un abrigo así por

todo Londres —se había quejado una amiga suya al vérselo—. Hay listas de espera de dos meses para comprarlo. ¿Dónde diablos lo has encontrado?

Maggie se lo había dicho.

—¿Shrewsbury? ¿Dónde está eso?

Maggie advirtió los nubarrones que se estaban formando en el horizonte. El campo estaba desnudo, las ovejas bien juntas unas al lado de las otras. Se acordó de las alpacas de Finn y sonrió al recordar sus caritas, sus ojos tan grandes y aquellos cuellos tan largos que habían estirado cuando se había acercado a verlas.

¿Se estaba volviendo loca? ¿Qué hacía sonriendo ante el recuerdo de unos animales de granja? Y lo que era peor: ¿Por qué se preocupaba por ellas?

Aquella vez, encontró la carretera adecuada sin problema. Ni siquiera tuvo que mirar el mapa para encontrar la desviación a la finca Shopcutte.

Lo primero que vio al entrar fue que los árboles tenían menos hojas y lo segundo que el 4x4 de Finn estaba frente a la puerta principal.

Aquella sensación rara que se le estaba formando en el estómago no tenía nada que ver con arrepentimientos, ¿verdad? No, claro que no...

¡Claro que no!

Aun así, aparcó con cuidado. De hecho, hizo varias maniobras. «Para salir directa y airadamente», se dijo.

La semana anterior, para animarse, se había dado el capricho de comprarse unas preciosas sandalias de ante y tacón alto. Completamente inadecuadas para el invierno, sí. También se había comprado el bolso a juego. Igual de inadecuado era el vestidito de gasa con un estampado de abejas que llevaba bajo el abrigo. La empleada había dicho que estaba «monísima» con él. Aquel comentario había estado a punto de hacer que no lo comprara, pero, al final, no se había podido resistir.

Se lo había puesto para ir a ver a su abuela que le había dicho encantada que se parecía a uno que ella había tenido en los años cuarenta.

—Era uno de los favoritos de tu abuelo...

La esclavina de piel falsa hacía efectivamente que pareciera de los años cuarenta. Era un vestido perfecto para salir por Londres, no para lucirlo en mitad de la nada para un hombre que lo único que pensaría sería lo inadecuado que era y que, probablemente, se apresuraría a decírselo.

«Bien», pensó saliendo del coche y cerrando la puerta. Le encantó la idea de que Finn le diera más motivos de enfado. No se lo había puesto simplemente para contrariarlo.

No, qué va.

Mientras avanzaba hacia la casa, se dio cuenta de lo tranquilo y silencioso que estaba todo. No había brisa y el cielo estaba plomizo. Miró hacia arriba y le pareció que le caía un copo de nieve.

Nieve. En noviembre. Se cerro el abrigo y corrió hacia la puerta principal, que se abrió de repente.

—¡Finn! —exclamó resentida.

—¿Quién iba a ser? Vivo aquí —contestó él echándose a un lado para que entrara. El vestíbulo estaba mucho más limpio de lo que lo recordaba del día de la subasta. Se fijó en el fuego de la chimenea y en los suelos de madera encerados mientras pensaba cómo se iba a enfrentar a Finn.

Tampoco era que necesitara preparación. Al fin y al cabo, solo era un hombre. Un hombre que... Como si se hubiera hartado de esperar a que dijera algo, Finn se colocó ante ella. A pesar del frío que hacía solo llevaba una camiseta blanca que le marcaba el torso y le quedaba casi tan bien como los vaqueros desgastados.

Sin poder evitarlo, Maggie lo devoró con la mirada. No le costó mucho imaginárselo sin camiseta, aquellos abdominales marcados que ella había acariciado y besado. Y aquella otra zona, un poco más abajo, por la que había seguido arrullada por sus gemidos...

Con la boca seca, intentó dejar de mirarlo y se dio cuenta de que él la estaba mirando igual de intensamente. Pero no fue deseo lo que vio en sus ojos, sino burla. Desde el esmalte oscuro que llevaba en las uñas de los pies, pasando por sus sandalias y subiendo por el vestido. Se detuvo un momento en su cara y volvió a mirarle los pies.

«Perfecto», pensó Maggie comenzando a enfurecerse. «Que diga una sola palabra de desaprobación y...»

—Estás preciosa.

Maggie se quedó estupefacta y lo miró con la boca abierta. ¿Y las palabras de burla que había esperado oír?

Mientras la miraba, Finn se preguntó si Maggie sabría el efecto devastador que tenía sobre él aquel vestido que le marcaba deliciosamente cada centímetro de su femineidad. Sin duda, lo habría comprado y se lo habría puesto pensando en su pareja. Finn se dejó arrastrar por los celos y la furia.

—Menos mal que la calefacción funciona bien porque, si no, menudo resfriado te ibas a agarrar. Tengo el despacho en la biblioteca. Por aquí —añadió—. Me sorprende que te hayas molestado en venir hasta aquí. Los abogados podrían haberse encargado del contrato.

Maggie decidió no moverse de donde estaba.

—No va a haber ningún contrato —le dijo.

¿No? —dijo Finn girándose hacia ella.

Lo había dicho en un tono neutro y educado que hizo que Maggie se estremeciera levemente. No le había gustado lo que acababa de oír.

¡Bien! Y todavía le quedaba por oír algo más que tampoco le iba a gustar.

—¿Cómo te atreves a intentar tenerme controlada? —preguntó Maggie tomando aire—. ¿Cómo te atreves a decirme qué puedo y no puedo hacer y con quién?

—¿Debo entender que lo que te ha traído aquí corriendo ha sido la condición de que no puedas acostarte con tu pareja en Dower House? —preguntó Finn mirando de nuevo sus sandalias.

—Mis sandalias y con quién me acueste es asunto mío y solo mío —contestó Maggie furiosa.

—Y las condiciones que pongo para alquilar Dower House son asunto mío y solo mío —apuntó él—. ¿Acostarte con él es más importante que tu abuela, Maggie?

Era como tener una placa de acero en la cabeza. Había algo en él que le impedía pensar con lógica, que la hacía reaccionar emocionalmente. Aquello la enfureció.

—No, claro que no. Mi abuela... —se interrumpió al sentir un nudo en la garganta—. Esto no tiene nada que ver con lo que siento por mi abuela —añadió casi a gritos—. Esto tiene que ver con mi derecho a vivir como quiera y a acostarme con quien quiera...

—Como los dos sabemos, es algo que se te da muy bien —intervino Finn con cruel énfasis. Maggie se sonrojó—. Pero que muy bien —añadió deliberadamente.

Maggie apretó los puños.

—Estoy dispuesto a alquilarle Dower House a tu abuela... Philip me contó su situación —continuó.

—No tenía derecho a hablarte de mi vida privada... —protestó Maggie.

—Deberías estarle agradecido —la interrumpió Finn de nuevo—. Por decirlo de alguna manera, te estaba defendiendo, me dio a entender que no querías la casa como un juguetito al que venir con tu pareja, sino por razones más altruistas.

—¿Le dijiste que tenía pareja? —preguntó Maggie alterada. Su abuela estaba chapada a la antigua y, si viviendo en Dower House, oyera algún tipo de cotilleo al respeto, se sentiría sorprendida y dolida por que no se lo hubiera contado ella—. ¿Cómo te atreves...? ¿Cómo te atreves a decir esas mentiras sobre mí?

—¿Mentiras? —intervino él echando chispas—. ¿Yo? Pero si te oí decirle «cariño» por teléfono desde mi casa —susurró imitando la voz de Maggie.

Maggie se quedó mirándolo estupefacta.

—Desde tu casa, solo llamé a mi secretaria y a mi abuela —le aclaró—. Sí, a mi abuela suelo llamarla «cariño» a menudo —añadió recalcando la palabra.

Finn se quedó de piedra. Era obvio que le estaba diciendo la verdad. También era obvio que estaba muy enfadada. Tal vez quedara más en él del analista financiero de lo que creía. Se encogió de hombros y se preparó para salir airoso de todo aquello.

—Bueno, he cometido un error.

¡Un error! Maggie tomó aire y las abejas del vestido se movieron, o eso le pareció a Finn. Vio que le salía fuego por los ojos y hubiera jurado que había crecido dos centímetros de repente.

—Has ensuciado mi reputación, me has arrebatado Dower House, me has enviado la carta más repelente que he recibido en mi vida, me has intentado decir cómo tengo que vivir... ¿y dices que has cometido un error?

Finn no podía apartar la mirada del enjambre

de abejas que revoloteaban sobre el pecho de Maggie. Menos mal que ella, furiosa como estaba, no se daba cuenta. Aquellos pechos... que sabían tan bien, eran tan femeninos como parecían.

—¿No te has olvidado de un delito?

El tono suave de Finn pilló a Maggie por sorpresa. No quiso analizar por qué al verlo cruzarse de brazos y apoyarse en la pared sintió un leve escalofrío por todo el cuerpo. Sus brazos, tan musculosos y fuertes, tan perfectos para abrazar y proteger, tan tiernos cuando la habían estrechado. Había algo en ellos que la hacía desear...

Se obligó a concentrarse en sus palabras. Por lo visto, se había olvidado de algo en la lista acusatoria.

—Me he acostado contigo.

¿Acostarse con ella? ¿Era así como él lo veía? ¿Como un delito? No le gustó el dolor que sintió y decidió ignorarlo. ¡Así las cosas, le iba a dejar claro que hacer el amor con él... no, acostarse con él... no había significado nada para ella!

Fingió desinterés, se encogió de hombros y desvió la mirada. Mentirle era una cosa, pero mentirle con aquella mirada penetrante suya era otra.

—Soy adulta. Me puedo meter en la cama con quien me guste.

—¿Con quien te guste? —repitió rápidamente.

Maggie se ruborizó.

—Ninguno dijo que el sexo entre nosotros no estuviera bien.

Finn no quiso moverse. Si lo hacía, no podría evitar abrazarla…

—No he venido hasta aquí para hablar de sexo —dijo ella furiosa.

—No, hablar de sexo es una pérdida de tiempo, la verdad —contestó él con un brillo peculiar en los ojos—. Sobre todo si…

¿Sabría lo adorable que estaba furiosa, avergonzada, deseable, la única mujer…?

—He venido a hablar de tu carta —lo interrumpió Maggie—. ¿Cómo te atreves a organizarme la vida ofreciéndome Dower House a un precio módico? No necesito tu caridad, Finn. Puedo pagar lo que cuestan las cosas y…

—No lo hago por ti, sino por tu abuela —dijo él dejándola sin palabras—. Tú te lo podrás permitir, pero no creo que sea su caso —añadió levantando la mano cuando Maggie fue a interrumpirlo—. Sí, sí, ya sé que quieres pagar tú el alquiler, pero, si tu abuela es como los demás de su generación, y supongo que lo será porque, después de todo, de algún sitio tiene que haber sacado su nieta tanta independencia, querrá pagarla ella.

Tenía razón. Sintió un inmenso nudo de dolor y de culpa en la garganta que le impedía hablar. ¿Cómo era posible que Finn hubiera encontrado un error en sus planes que ella no había previsto? ¿Cómo había sabido lo que iba a sentir su abuela y ella, no?

No sabía qué la molestaba más: aquella recién descubierta sensibilidad de Finn hacia los sentimientos de una persona mayor que ni siquiera conocía o que esa sensibilidad la hiciera sentirse culpable porque sabía que tendría que haberla tenido ella. Era su abuela, no la de Finn.

—Ya encontraré otra casa para ella —dijo desafiante.

Finn la miró de una forma que, inexplicablemente, hizo que el corazón saltara en su pecho.

—Sí, estoy seguro de que la encontrarás, pero, según tengo entendido, querías Dower House precisamente por la relación que hubo entre la casa y tus abuelos en el pasado. Supongo que, después de tantos años casados, habrán vivido en más casas...

Maggie lo miró furiosa.

—Dower House fue la primera casa donde vivieron nada más casarse —admitió.

Al mirarla, Finn sintió una peligrosa ternura hacia ella que le envolvió el corazón. Quería agarrarla y zarandearla por ser tan cabezota. Quería abrazarla y hacer desaparecer el dolor que estaba percibiendo en sus ojos y en su voz.

—¿Estabas muy unida a ellos?

Maggie no podía negarlo.

—Sí —contestó—. Me dieron un hogar, seguridad, amor, mientras que mis padres... —se interrumpió y se mordió la lengua. No debería de haber dicho todo aquello.

Finn ignoro su reacción y decidió presionarla. Lo intrigaba, lo sorprendía, lo enfurecía y lo excitaba. Quería saber por qué era tan opuesta a él.

—¿Mientras que tus padres qué? —insistió.

Maggie cerró los ojos. Ojalá aquella conversación no hubiera empezado nunca. No hablaba de sus padres con nadie. Ni siquiera sus amigas sabían lo mucho que la actitud despreocupada e indiferente de sus padres le había hecho sufrir.

Todavía veía la irritación de su madre cuando le suplicó que fuera a ver una obra de teatro en la que actuaba.

—Vaya, cariño, lo siento, pero James me ha invitado a cenar y, de todas formas, ya sabes lo mucho que me suelo aburrir en esas cosas...

Sí, claro que lo sabía, sabía lo mucho que se aburría con esas cosas y lo mucho que se aburría con su hija...

—Nada —contestó Maggie.

Se giró para que no le viera la cara, pero él hizo un rápido movimiento y la agarró de los hombros.

—Te hicieron sufrir, ¿verdad?

—No —gritó Maggie todo lo fuerte que pudo. Sin embargo, se dio cuenta de que él había percibido el miedo y la angustia que escondía su mentira.

—Maggie…

—No quiero hablar de ello. Además, no es asunto tuyo. Mis padres no eran diferentes a otros muchos de su generación, que creían que tenían derecho a anteponer su felicidad a la de los demás. Su error fue tener una hija como yo, que quería…

Horrorizada, Maggie sintió que se le llenaban los ojos de lágrimas. Intentó zafarse de Finn y lo miró con furia. Se enfureció todavía más al ver compasión en sus ojos.

Su cuerpo emitió un grito silencioso de ultraje que Finn oyó. No quería que se compadeciera de ella.

—No, Maggie —le dijo con dulzura—. El error fue no valorar el regalo que tenían.

Algo en su cálida voz hizo que lo mirara, que se tranquilizara, que levantara la cara hacia él y…

En cuanto miró hacia abajo y se encontró con sus ojos nublados por la emoción, Finn supo que estaba perdido. Su mirada se paseó por su cara y por sus labios. Sus labios…

Maggie sintió la vibración de su gemido. ¿Cómo? ¿Qué estaba haciendo tan cerca de él? Se apartó rápidamente y lo miró con furia.

—Ya está bien. Me voy… ahora mismo.

Se giró y fue hacia la puerta.

—Aunque te ha quedado muy bien esa salida airada, me temo que no vas a poder ir a ningún sitio —le dijo Finn.

¿No la iba a dejar? Maggie sintió furia mezclada con placer sensual y excitación… y pérdida.

—¿Por qué? —preguntó pensando qué hacer si él insistía en que se quedara. Sintió que su cuerpo entero se calentaba ante ciertos pensamientos y recuerdos.

—Mira —contestó él abriendo la puerta.

Mientras discutían, el cielo se había vuelto negro. Maggie ahogó una exclamación, pero no era por eso, sino porque él no hubiera querido que se quedara. Estaba nevando sin parar, todo estaba cubierto por un manto blanco y soplaba un viento muy frío. Apenas veía su coche.

Maggie tragó saliva y miró a Finn.

—No es para tanto. Cuando salga a la carretera principal…

—No —dijo Finn—. Hace un rato, estaban aconsejando que la gente no condujera porque había riesgo de ventisca. Las carreteras, incluso las principales, podrían quedar bloqueadas. Ni siquiera con el Land Rover me atrevería yo a salir, así que no voy a permitir que te vayas en el tuyo.

—¿Había riesgo de ventisca? ¿Y por qué no me lo has dicho?

Finn no tenía respuesta para eso. Se lo había preguntado desde que la había visto llegar…

—¡Porque no me has dado ocasión! Venías a soltar tu retahíla y ya está…

—¿Y ahora qué hago?

—Solo puedes hacer una cosa —contestó Finn—. Vas a tener que quedarte a dormir.

Maggie apretó los dientes.

—¿Qué tipo de condado es este? —preguntó irritada. Aquellas condiciones meteorológicas tan cambiantes debían de ser exclusivas de la zona. ¡Ella no había oído nada de ventiscas en la radio! Vados inundados, nevadas en noviembre—. Va la segunda que nos pilla juntos. En Londres, esto no pasa —añadió al ver la escena hostil y peligrosa con la que se iba a tener que enfrentar.

El viento sopló echándole la nieve encima, dio un paso atrás y se metió en la casa. Tenía la cara y las manos heladas.

—¿Y las alpacas? —preguntó preocupada.

Finn cerró la puerta antes de contestar.

—Están bien, están acostumbradas al frío —contestó tan serio como pudo.

—¿Y las pequeñitas? —protestó Maggie recordando las crías que había visto con sus madres.

No les pasará nada —le aseguró Finn.

Maggie se quedó mirando la puerta cerrada como si fuera a salir corriendo a ver qué tal estaban los animales, lo que habría sido un tanto vergonzoso para ella porque estaban en una zona especialmente acondicionada, con balas de heno y un cobertizo para protegerse. Shane y él las habían llevado allí aquella misma mañana tras oír el parte meteorológico. ¡El mismo que le había ocultado a Maggie!

—En tiempos de tu abuela, seguro que había ciervos por aquí —dijo intentando distraerla—. Me apetece mucho conocerla. Debe de saber mucho de esta casa si vivió en la finca. Los dos hijos de la familia que la tenía entonces murieron en la guerra y pasó a un primo segundo que ya tenía una finca, todavía más grande, en Escocia.

—¿Cómo que te apetece mucho conocer a mi abuela? —lo interrumpió Maggie—. Ya te he dicho que no va a venir a vivir aquí.

Finn se quedó en silencio.

—¿De verdad vas a ser capaz, Maggie? Si

fuera otra persona, y no yo, la que te ofreciera alquilar Dower House, ¿aceptarías?

Maggie se mordió el labio.

—No quiero seguir hablando del tema —contestó—. ¿Te importaría indicarme cuál es mi habitación? —añadió mirando a Finn.

—Tu habitación. Mmm... Mira tú por dónde, hay un pequeño problema. Solo hay una habitación habitable en estos momentos...

—¿Una? —repitió ella sin dar crédito.

—Sí, una —contestó él tan contento.

Capítulo 7

UNA habitación!

Y se habían pasado lo poco que quedaba de día discutiendo quién de los dos iba a dormir en ella... más bien, quién de los dos se iba a ir a dormir a uno de los dos sofás del salón.

Al final, había ganado Finn, pero solo porque ella se lo había permitido después de que él hubiera lanzado su órdago.

—Como esta es mi casa, creo que la decisión de quién duerme en el sofá es mía, así que, como anfitrión, quiero cederte mi cama a ti, en calidad de invitada.

Maggie apretó los dientes al oír «anfitrión» e "invitada", pero cedió. Y allí estaba, mirando por la ventana de la habitación de Finn al paisaje nevado e iluminado por las estrellas. Se giró y miró la cama, algo que había estado intentando no hacer desde que él la había dejado allí arriba hacía una media hora tras sugerirle que «se sintiera como en casa» mientras él preparaba la cena.

La cama era muy grande, como cabía esperar por el tamaño de la habitación y del propio Finn. Muy grande. Lo suficientemente grande no solo para dos adultos grandes sino también para varios niños. ¡Niños! ¿De dónde había salido aquello? Y lo que era más desconcertante: ¿por qué?

«Piensa en la habitación y no fantasees con cosas que... simplemente no pueden ser. ¡Y que, además, no quieres que sean!», se dijo a sí misma.

Los techos altos con molduras eran típicos de la época en la que se construyó la casa. Finn había pintado las paredes de verde azulado y había dejado las molduras en blanco. Aunque le gustaba la ropa de cama en blanco, tal y como estaba, y el suelo de grandes tablones de madera, la habitación pedía a gritos algo más cálido y suave.

Aquel suelo estaría muy frío para los piececitos de los pequeños cuando llegaran al dormitorio de sus padres queriendo subirse a su cama, no invitaba a abrazos apasionados de camino a la cama desde el baño. Le faltaba una buena alfombra. La habitación necesitaba las telas y los muebles originales, como los que tenía su abuela, que, una vez encerados con cera de abeja y esmalte de lavanda, quedaban preciosos.

Maggie suspiró y parpadeó. Durante el rato que se había quedado como traspuesta mirando la cama, había visto a Finn tumbado en ella, apoyado en las almohadas, desnudo, con aquel cuerpo tan fibroso, musculoso y provocativo, con el pelo revuelto de dormir, sonriendo ante su mirada…

Maggie se apresuró a parpadear de nuevo para quitarse de la cabeza semejante imagen. Se acicaló en el baño contiguo y colocó las toallas limpias que Finn le había dado. Puso el enorme albornoz, obviamente suyo, al final de la pila.

Había llegado el momento de bajar. Si no, Finn se iba a creer que quería que subiera a buscarla. Se apresuró a ir hacia la puerta, no sin antes volver a mirar por la ventana. Frunció el ceño al ver que estaba nevando otra vez. El tiempo debía de haber decidido ponerse en su contra, obligarla a quedarse con Finn.

—Tendremos que cenar aquí —anunció él cuando Maggie entró en la cocina—. Supongo que tendré que contratar a algún decorador para que reforme la casa, pero, de momento…

—¿Por qué no me dijiste que habías trabajado en Londres?

Maggie deseó no habérselo preguntado de forma tan abrupta. Normalmente, se comportaba con seriedad y profesionalidad. Se sintió avergonzada, pero sintió alivio al ver que él no se enfadaba, sino que contestaba.

—Es una etapa de mi vida que ha quedado atrás y que no tiene relevancia en la vida que llevo ahora. El dinero que gané entonces fue lo que me permitió elegir mi futuro.

—¿Cómo puedes decir eso? Todo lo que pasa en la vida de una persona tiene relevancia.

—¿Te refieres a la relación de uno con sus padres?

Los ojos castaños de ella se encontraron con los azules de él. Los primeros miraban con dolor y orgullo. Los azules no pudieron abrirse paso a través de la coraza a pesar de mirar con compasión.

—La infelicidad que me produjo el desinterés de mis padres fue suplido con creces por el amor que me dieron mis abuelos —contestó Maggie—. Tú, obviamente, sigues desconfiando de la gente de ciudad y de su forma de vida.

Finn tuvo que admitir con admiración que tenía una mente rápida e incisiva. Si había algo que echaba de menos en su nueva vida solitaria era el murmullo de las conversaciones, opiniones, noticias y puntos de vista de otras personas.

—No del todo —contestó encogiéndose de hombros—. Solo es que he cambiado por dentro y por fuera. El hombre que soy ahora quiere mucho más de la vida aparte del éxito material. Además —hizo una pausa para abrir el horno y mirar en su interior—, he visto a tanta gente destrozada por querer ser rica y poderosa, he visto a tanta gente abusar de sí misma y de los demás por miedo al fracaso... que no tengo esperanzas.

—No es vivir en la ciudad lo que origina eso —protestó Maggie.

—Puede que no, pero ayuda. La lasaña está casi lista —informó—. Dicen que no es bueno discutir antes de comer, así que sugiero que hablemos de otra cosa.

—Tengo una idea mejor —dijo Maggie—. ¿Por qué no comemos en silencio?

—¡Una mujer que no hable! No sabía que existieran —se burló Finn sacando la lasaña del horno.

Maggie le dirigió una mirada de reproche, pero consiguió no hacer ningún comentario despectivo.

Media hora después, con el estómago lleno, olvidó su objetivo de no hablar.

—Estaba muy buena —dijo. Qué hambre tenía —añadió dándose cuenta de que acababa de hablar. En lugar de burlarse por haber incumplido su propia norma, Finn se quedó mirándola.

Cuando se olvidaba de estar a la defensiva, había una dulzura en ella que le atenazaba el corazón y la garganta. Y su cuerpo estaba reaccionando. Sabía que le estaba mirando peligrosamente la boca, sintió un apetito que no tenía nada que ver con la comida y lo escondió antes de que ella se diera cuenta.

En el pasado, le había parecido que el estilo de vida de los analistas financieros era estresante, pero nada comparado con la tensión que Maggie y él estaban construyendo. A pesar de lo que el sentido común y la prudencia le dictaban, no se podía contener.

—Una mujer de ciudad a la que le gusta comer. Menuda sorpresa. Aunque no debería sorprenderme tanto. Al fin y al cabo... —se interrumpió para mirarla.

Maggie se tensó esperando el golpe, pero, cuando lo recibió, no era lo que esperaba, como debió de dejar claro su expresión.

—Al fin y al cabo —repitió Finn con voz sensual—, dicen que una mujer a la que le gusta el sexo le gustan también los demás placeres de la vida. ¿Otra copa de vino? —le ofreció señalando la botella de tinto que había abierto al empezar a cenar.

—¡No! No, gracias —contestó Maggie intentando calmarse mientras luchaba contra la reacción de su suave tono de voz.

Una mujer a la que le gusta el sexo. ¿Tenía que recordarle... que atormentarla...?

—No sé si habrá dejado de nevar. Tal vez

pueda irme —dijo Maggie aun a sabiendas de que se le estaba notando que estaba muerta de miedo. Hizo amago de levantarse, pero se volvió a sentar cuando Finn le retiró el plato vacío. Si se hubiera quedado de pie, habría estado demasiado cerca. Con solo pensarlo, se estremeció y sintió pequeñas descargas de placer. Nerviosa, agarró la copa de vino y bebió. Sabía que Finn la estaba observando y aquello la ponía todavía más nerviosa.

—No ha dejado de nevar —dijo él—. No puedes irte. Aunque no hubiera sido así, dudo mucho que, después de haberte tomado tres copas de vino, fuera aconsejable que condujeras.

¿Tres copas? Maggie estaba horrorizada. ¿De verdad había bebido tanto? Miró la copa que tenía ante sí.

—Solo he tomado dos y media.

—Me da igual. Sigue siendo más de lo permitido. Además, con esos zapatos tan ridículos que llevas, no puedes caminar sobre diez centímetros de nieve.

—¿Diez centímetros? —repitió Maggie—. ¿Te importaría dejar de criticar mis zapatos solo porque no te gustan? —añadió con dureza.

Finn, que estaba metiendo los platos en el lavavajillas, se dio la vuelta y la miró con tanta sensualidad que la hizo jadear.

—Yo nunca he dicho que no me gustaran. Simplemente, son inadecuados.

—Dijiste «ridículos», no inadecuados —le recordó ella. Se sintió como si se estuviera agarrando a una pequeña roca en mitad de una gran tromba de agua. Se puso de pie—. Estoy cansada... me voy a ir a la cama. Espero que haya dejado de nevar por la mañana y pueda irme pronto.

¿Por qué la mirada de Finn la estaba haciendo alejarse, sabiendo que los altos tacones estaban haciendo que su cuerpo se contoneara?

—Me equivoqué. No son ridículos ni inadecuados —dijo como si le hubiera leído la mente—. Son más bien... provocativos.

¡Provocativos! Si lo que quería decir era que ella era así...

Por alguna razón, en lugar de darse la vuelta y exigirle que retirara lo que acababa de decir, lo que hubiera sido ridículo e inadecuado, Maggie se encontró huyendo de él. ¿De él o de lo que la hacía sentir?

En el silencio de la cocina, Finn se preguntó qué ingrediente sutil tenía su perfume que se quedaba tanto tiempo suspendido en el aire. La habitación de la granja había olido a ella hasta el día que se había mudado y la volvía a tener en su dormitorio... en su dormitorio... en su vida... en su corazón...

Cerró la puerta del lavavajillas con amargura y lo puso en marcha mientras miraba el paisaje nevada a través de la ventana. ¿Nieve en noviembre? Inoportuna, inquietante e imposible... ¿cómo sus sentimientos por Maggie?

Maggie se despertó de repente, preguntándose, a la luz de la lámpara que había dejado encendida, dónde estaba. Recordó que estaba en casa de Finn, en la cama de Finn. Finn.

Tenía la boca seca del vino. Necesitaba un vaso de agua fresca. Se incorporó. Eran más de las doce, retiró las sábanas y se levantó. Al abrir la puerta de la habitación, vio que todo estaba a oscuras. Se estremeció nerviosa. Aunque le costara admitirlo, le daba miedo la oscuridad.

Con dedos temblorosos, encendió el interruptor que había visto junto a la puerta. Sintió un inmenso alivio cuando se encendió la luz. La casa estaba en silencio. Había preferido ponerse el abrigo antes que utilizar el albornoz de Finn. Le parecía demasiado peligroso ponerse algo suyo. Las luces de la escalera la hicieron parpadear. Bajó las escaleras y llegó al vestíbulo. Estaba en medio cuando la puerta del salón de abrió de repente y apareció Finn.

Debía de estar dormido, como ella, pero, a diferencia de ella, no le debía de importar mucho estar medio desnudo. Maggie intentó frenéticamente apartar la vista de su torso desnudo. Se preguntó por qué no podía dejar de mirar su cuerpo, apenas cubierto por unos pantalones cortos.

—¿Dónde diablos vas?

La rudeza de su pregunta le hizo gracia.

—A beber agua —contestó ella mirándolo.

—¿Vestida así? ¿Crees que soy idiota? —dijo sin dejarla responder—. Ya veo las enormes ganas que tienes de irte, Maggie...

—¿Irme? —repitió ella confundida—. Pero si no me voy...

—¿Por qué llevas el abrigo puesto entonces?

¡El abrigo! Maggie había olvidado que lo llevaba puesto. Ruborizada, se encogió de hombros.

—Eh... bueno... yo... me lo he puesto para bajar... ya sabes... como si fuera la bata. No llevo zapatos —añadió—. Ni... —se calló.

—¿Ni? —le instó él recuperando la sangre fría con una velocidad envidiable.

Ante su silencio, insistió.

—Si no me contestas, Maggie, voy a tener que fiarme de mi imaginación, que me dice que... —se interrumpió y jadeó antes de acercarse a ella—. ¿Sabes cómo me siento sabiendo que estás casi desnuda bajo el abrigo?

Maggie sintió que el corazón le latía con tanta fuerza que le resonaba en todo el cuerpo. La voz tan sensual de Finn hacía que le resultara prácticamente imposible respirar. Se sorprendió al darse cuenta de que la excitaba sobremanera que la deseara. La voz de la prudencia le indicó que no dijera nada y siguiera andando, pero hizo caso a otro instinto más básico que le decía que hiciera todo lo contrario, que lo retara.

—Si me estás intentando decir que me deseas...

—¿Qué? —la interrumpió él—. ¿Prefieres que te lo demuestre?

Maggie ahogó un grito cuando la abrazó, pero no fue de sorpresa ni de protesta. No, era su propia reacción ante él lo que la hacía temblar violentamente. Sintió el ritmo descontrolado del corazón de Finn a través del abrigo. Como si le leyera el pensamiento, abrió el abrigo y deslizó las manos dentro.

—Nada —lo oyó susurrar—. No llevas nada debajo.

—Estaba durmiendo —dijo ella intentando sonar indignada sin conseguirlo.

—Durmiendo... en mi cama. ¿Sabes cuánto me apetecía estar contigo? Desde que...

—¿Desde que llegué? preguntó Maggie

intentando controlarse en mitad de un torrente de pasión que amenazaba con llevársela por delante.

—No —contestó él—. Desde que te fuiste.

Aquello fue demasiado. Maggie se rindió y cerró los ojos.

—No ha habido una sola noche en la que no te haya deseado —añadió Finn inclinándose hacia ella y besándola con besos lentos y seductores, una cadena de besos eróticos que la ataron a él para siempre. Sus cuerpos se fundieron y Finn le acarició el cuello y el escote haciendo que se le pusiera la piel de gallina—. ¿Qué prefieres? —continuó besándola en los labios—. ¿Tu cama o la mía? La mía está más cerca... Podríamos utilizar las dos... El fuego del salón todavía está encendido... ¿Has hecho el amor alguna vez frente al fuego, Maggie, con la luz de las llamas iluminando tu adorable cuerpo y el de tu pareja?

Maggie se estremeció de placer ante las imágenes que su voz evocaba en ella.

—No... —contestó en un hilo de voz. Cerró los ojos al notar que se le estaban llenando de lágrimas. ¿Con cuántas mujeres habría compartido Finn semejante placer? Ella, con nadie...

—¿No? Claro, olvidaba que chimeneas y ciudad no pegan mucho, ¿verdad?

La dureza de su pregunta le dolió.

—No lo sé —contestó con sinceridad—. No he... no sé... no ha habido —se interrumpió. No quería hablar, no quería desaprovechar el tiempo hablando y, desde luego, no quería pensar en las mujeres que había habido en la vida de Finn. Lo único que quería era... se estremeció al intentar ignorar lo que estaba sintiendo. ¿Qué le ocurría cada vez que estaba cerca de él? ¿Qué era aquello tan fuerte que le hacía pensar que lo que había entre ellos era lo más importante del mundo?

—¿Qué me estás intentando decir, Maggie? —preguntó él agarrándole la cara con ambas manos y mirándola a los ojos—. ¿Que no ha habido nadie más? —añadió con desprecio—. ¿Quieres que me crea que una mujer tan inteligente, deseable e irresistible como tú lleva vida de monja?

Maggie se asustó ante el placer que le daba oírlo describirla así... y la expresión de deseo que había en sus ojos.

—Quería trabajar —contestó sinceramente—, así que no tenía tiempo para... relaciones.

Su mirada hizo que Maggie sintiera que se le salía el corazón del pecho.

—Oh, Maggie... Maggie...

Ahogó una exclamación ante su voz apasionada mientras le metía los dedos entre el pelo para besarla.

—Me haces sentir cosas que ninguna otra mujer en mi vida me ha hecho sentir. ¿Lo sabías? —le preguntó él varios minutos después, tras besarla.

Maggie recuperó la respiración y sintió escalofríos al verlo inclinarse de nuevo hacia ella.

Abrazados, fueron lentamente hacia el salón, donde se besaron con pasión y Maggie gimió al sentir las caricias de Finn por su cuerpo desnudo. Al ver el reflejo de las llamas en el cuerpo de Finn cuando retiró la manta del sofá para colocarla frente a la chimenea sintió punzadas de deseo y no pudo evitar gritar de excitación.

—¿Qué te ocurre?

Su mirada ansiosa al dejar la manta en el suelo y correr hacia ella hicieron que se sonrojara ante lo explícito de sus pensamientos. Como si le hubiera leído el pensamiento, su ceño fruncido dio paso a una mirada tan sensual, que Maggie sintió que se derretía y no precisamente por el fuego de la chimenea.

Finn... protestó tan sorprendida de su deseo que le echó rápidamente la culpa a él. Antes de conocerlo, había deseado más un par de zapatos nuevos que a un hombre, pero las cosas habían cambiado...

—Ven —le ordenó él con ternura.

Maggie obedeció sin pensárselo sabiendo que no le estaba pidiendo nada sino ofreciéndole, más bien, lo que quisiera de él.

—Mujer de ciudad y hombre de campo —susurró mientras acariciaba su cuerpo haciéndola temblar de placer—. Somos polos opuestos, pero nunca he deseado tanto nada como tenerte cerca.

Maggie cerró los ojos para intentar bloquear el nudo que tenía en la garganta, provocado por sus confusos sentimientos.

—Bueno, ya me tienes cerca —consiguió decir.

—No todo lo cerca que quiero —murmuró él mientras exploraba con las yemas de los dedos sus pezones—. Piel con piel, cuerpo con cuerpo, boca con boca. Así de cerca quiero estar de ti, Maggie.

Oyó cómo se le aceleraba la respiración; lo sintió inclinarse sobre su cuello, besándola con pasión por el brazo, llegar a sus dedos, chupárselos y lamérselos hasta que creyó que se iba a desmayar del deseo que había explotado en su interior.

Maggie gritó su nombre cuando se arrodilló frente a ella y le besó la cintura, la curva de la cadera, el ombligo... Se aferró a su brazo sorprendida de cuánto lo deseaba. A la luz del fuego, vio las marcas que le había dejado con las uñas y se inclinó sobre él. Se estremeció al sentir su aliento en la piel.

Finn estaba modelando sus caderas, tocándole las piernas. La tumbó en el suelo con delicadeza y se colocó encima. Maggie no dejó de mirarlo y de admirar su perfección. Le puso la mano en el hombro y le acarició la clavícula, el pecho y los pezones con los ojos oscurecidos por la lujuria.

—¿Cuánto tiempo más me vas a atormentar?

El apetito que detectó en su voz disparó sus sentimientos con el mismo efecto devastador que sus eróticos mordiscos habían tenido en su carne. Mil, más bien, un millón de chispas de deseo se encendieron en su interior.

Finn la agarró del tobillo y acarició lentamente sus delicados huesos. Maggie se estremeció y emitió un sonido gutural de placer mientras él tomaba su pie entre ambas manos y le besaba el empeine.

—¿Yo te atormento?

Maggie lo dijo sin apenas darse cuenta. Se acercó a él y lo apretó contra sí con manos temblorosas mientras se maravillaba ante la calidez de su piel y la fuerza de sus músculos.

Hicieron el amor de forma salvaje y apasionada. Finn la agarró de las caderas de forma posesiva mientras ella cabalgaba sobre su cuerpo, encantada de dominar el momento y de controlar la fuerza de las embestidas. Con cada una, sentía la respuesta de su propio cuerpo y le pidió que fueran más profundas y rápidas… más fuertes, para satisfacer el apetito sexual que él mismo había creado.

Con el cuerpo empapado en sudor, Maggie se arqueó para recibir el orgasmo y Finn la miró, asimilando el triunfo de verla sucumbir al placer. Los reflejos de las llamas bañaron su cuerpo, sacudido por oleadas de placer. El gemido final de Finn se perdió con las respiraciones entrecortadas de ambos.

Capítulo 8

MAGGIE, soñolienta, se dio la vuelta disfrutando de la calidez de la cama de Finn, que estaba abajo preparando café para los dos. Maggie sonrió al estirarse sensualmente bajo las sábanas. No solo estaba disfrutando de la calidez de la cama, sino del recuerdo del cuerpo de él y de cómo habían hecho el amor la noche anterior.

La ternura que había demostrado tras haber hecho el amor con tanta intensidad seguía emocionándola, como cuando se había levantado en busca de un par de enormes y suaves toallas. Con una le había secado todo el cuerpo y con la otra la había tapado.

Maggie, completamente relajada, se había quedado dormida y Finn la había despertado al cabo de un rato dándole besos y diciéndole que estaría más cómoda en la cama.

—Si tú vienes también —había contestado ella. Se había despertado con los primeros rayos de luz. Finn estaba durmiendo a su lado y se había quedado mirándolo y disfrutando de su cercanía. Había estudiado su cara y tocado su cuello con las puntas de los dedos antes de deslizarlos hasta el vello de su torso para pasar a continuación a besarle el cuello para despertarlo.

Al ver que seguía dormido, había hecho amago de alejarse, pero, de repente, Finn dio un rugido y la atrapó entre sus brazos.

Durante la lucha que siguió, él le besó y acarició todas las zonas sensibles del cuerpo.

—No es justo —protestó Maggie al verse inmovilizada. Finn le había puesto los brazos a los lados del cuerpo y no se podía mover. Él, sin embargo, se lo estaba pasando muy bien besándola desde la cara hasta el pecho. Al sentir la lengua en los pezones, arqueó la espalda y se abandonó, dejó de protestar y se olvidó del juego porque el deseo había hecho acto de presencia.

Maggie cerró los ojos.

—No te has quedado dormida, ¿verdad? —dijo él entrando con la bandeja del desayuno.

Maggie se incorporó y sonrió.

—¿Sigue estando nevado? —preguntó mientras él se inclinaba a dejar la bandeja. Maggie, convencida de que la iba a besar, se entristeció cuando no fue así. Finn se irguió y miró por la ventana.

—Sí —contestó algo bruscamente—, pero se está derritiendo…

Derritiendo. Eso quería decir que se podía ir. Una parte de ella se habría alegrado increíblemente si le hubiera dicho que había nieve para varios días.

—El desayuno —anunció Finn señalando la bandeja que había dejado en la mesilla—. Y no te hagas la chica de ciudad y me digas que no quieres.

Maggie evitó adrede la mirada burlona de Finn. Normalmente, no desayunaba, pero, siempre que dormía con él, se levantaba con tal hambre, de comida, que su abuela habría estado encantada de verla tomarse un buen desayuno.

¡El que también se levantara con hambre de Finn era algo en lo que no quería pensar!

Se giró y tomó el vaso de zumo de naranja mientras se preguntaba qué le parecería a él si supiera lo que estaba pensando después de la noche que habían pasado. Se suponía que su apetito sexual debería estar más que saciado.

Se ruborizó levemente. El letargo que estaba invadiendo su cuerpo era algo completamente nuevo, como había sido la noche de amor que habían compartido. Al haberse criado con sus abuelos, era bastante pudorosa, aunque fuera ridículo para una mujer de su edad tan sofisticada como ella, pero así era. Se sentía cohibida a la hora de hablar de ciertas cosas... por ejemplo, de lo que Finn le hacía sentir.

Bajó la mirada y vio cómo él daba un mordisco a la tostada. Se había puesto una bata antes de bajar, pero no se la había atado y... Maggie paseó la mirada por su torso desnudo y, sin poder evitarlo, bajó hasta que sintió que se le aceleraba la respiración al ritmo de los latidos del corazón.

Creía que Finn no se estaba dando cuenta, pero...

—No hagas eso —le advirtió porque te voy a...

—Creí que habías dicho que tenías que ir a ver a las alpacas —le recordó ella.

No lo dijo porque no lo deseara, sino todo lo contrario.

—Hmm... ¿ya te has hartado de mí? —bromeó Finn.

—No... nunca... —contestó ella con vehemencia.

No le dio tiempo a avergonzarse por lo que acababa de decir. Finn dejó la taza de café y le agarró la cara con ambas manos.

—Eso no es lo mejor que me puedes decir si quieres que me vaya a ver al ganado.

Maggie aguantó la respiración hasta que sintió sus cálidos labios sobre su boca. Suspiró cuando el beso se hizo más profundo.

Para cuando Finn salió, por fin, de la habitación el café se había quedado frío.

Maggie se levantó sin prisas y bendijo las nuevas telas de la ropa interior, que permitía lavarla y tenerla seca al día siguiente. A juzgar por su experiencia, la próxima vez que fuera a Shropshire, haría mejor en llevarse una muda.

Estaba bajando las escaleras cuando sonó su móvil. Era un cliente que necesitaba con urgencia una directora, ya que la que tenía se iba a Boston para estar con su novio.

Maggie tenía allí el ordenador portátil y, a los pocos minutos de la llamada, ya había confeccionado una lista de posibles sustitutas para su cliente y se la había enviado por correo electrónico. Menos de una hora después, sentada en la cocina con una taza de café recién hecho, se felicitó a sí misma por la eficiencia con la que ya había concertado las entrevistas oportunas.

Mientras se paseaba por la cocina, se dio cuenta de que no era la rapidez con la que había solucionado el problema de su cliente lo que la había alegrado tanto. No, lo que la tenía eufórica era haberse dado cuenta de lo fácil que le resultaba trabajar sin estar en Londres. Si se mudara a Shrewsbury, tendría que seguir manteniendo sus contactos en Londres, pero, si se organizara bien, con reuniones cada dos semanas, reuniones que le permitieran ir a dormir a casa, claro...

A casa…

Se paró en seco y miró por la ventana. La nieve se estaba deshaciendo a toda velocidad, pero no era la nieve lo que estaba mirando.

Casa… se le erizó el vello de la nuca.

Casa y Finn. ¿Desde cuándo aquellas dos palabras se habían convertido en sinónimos? ¿Cuándo se había convertido Finn en algo tan importante y vital en su existencia como para considerar su casa su hogar? ¿Y cuándo se había empezado ella a dar cuenta de todo aquello? ¿La noche anterior? ¿Porque habían hecho el amor? ¿No sería más correcto admitir que esos sentimientos habían estado ahí desde la primera vez que se habían tocado?

Había luchado contra ellos, decidida a acabar con ellos, a negarlos y a aniquilarlos. Entonces, le había dado miedo lo que significaban, lo vulnerable que la dejarían, pero las cosas habían cambiado. Algo había cambiado. Ella había cambiado. Cómo y por qué no lo sabía. La mente era incapaz, a veces, de analizar los sentimientos, y la suya no acertaba a saber cómo la furia y el miedo habían dado paso a la aceptación de su amor, que había surgido como una pequeña chispa y había ido creciendo desde que se conocieron.

Ahora lo veía claro, sabía lo que era... toda una revolución en su forma de ver las cosas. Tenía la necesidad de dejar entrar en su vida una ola de deseo que barriera las antiguas represiones y barreras contra el amor a las que se había aferrado con tanto temor. Estaba sintiendo alivio al quitarse una carga que no sabía que llevara, una carga que se había traducido en ver la vida con tanta responsabilidad, que creía que enamorarse era un lujo que no podía permitirse.

A diferencia de sus padres, que habían vivido de forma egoísta y hedonista, concentrados en disfrutar del momento y sin pensar en el daño que podrían generar a los demás en el futuro, ella había decidido que tenía que ser responsable y suprimir sus sentimientos si fuera necesario para conseguirlo.

De repente, se dio cuenta de que algo tan radical, de que tamaño sacrificio, no era necesario. La inmadurez de sus padres era culpa suya y solo suya, no del amor en sí. Ahora entendía que amor y responsabilidad podían ir de la mano, que compromiso e independencia podían coexistir.

La primera vez que le había dicho a Finn que lo quería, se había odiado a sí misma por el miedo que había sentido nada más hacerlo. Por eso, se había dicho que se había equivocado, que no lo quería, pero ahora se daba cuenta de que tendría que haber escuchado a su corazón desde el principio. En el futuro… sonrió feliz mientras canturreaba. Se ruborizó al darse cuenta de que estaba tarareando la Marcha Nupcial.

Se rió. Conociendo a Finn como lo estaba empezando a conocer, sospechó que, si hubiera podido leerle el pensamiento, habría sugerido con una de sus irresistibles sonrisas que la composición de Haendel que tanto gustaba a los organizadores de fuegos artificiales habría sido mucho más apropiada.

Un cuarto de hora después, cuando Finn entró en la cocina, se la encontró trabajando con el portátil.

—Cinco minutos —le dijo y terminó.

En ese momento, sonó el teléfono y ella contestó con seriedad y profesionalidad.

—No te preocupes —dijo tras escuchar a una chica que acababa de colocar en una empresa financiera—. Si estamos hablando de acoso sexual, yo personalmente hablaré con el director. Vuelvo esta tarde a Londres, así que podemos desayunar mañana, si quieres…

Finn, de pie detrás de ella, apretó los dientes. ¿Cómo demonios había pensado que iban a poder compartir algo? Una relación a distancia, Maggie en la ciudad y él en el campó, nunca funcionaría. Sería como tener que conformarse con comida basura cuando se quiere algo mejor... algo que se pueda saborear coma él quería saborear a Maggie y todo lo que sentía por ella. Aquellos sentimientos no podrían satisfacerse con breves encuentros ni convertirse en un compromiso serio. Sabía que, sintiendo, lo que sentía por Maggie, no se conformaría con formar parte de su vida de forma parcial.

Finn la miró. Estaba hablando sola, tan concentrada en lo que estaba haciendo que no había reparado en su presencia.

Unos segundos más y habría terminado... Maggie pensó en lo que iba a hacer. Las irreprimibles ganas que tenía de lanzarse en brazos de Finn y decirle lo que sentía eran tan fuertes, que amenazaban con hacerla olvidarse de su trabajo, pero tenía sus obligaciones...

—Ya está —dijo suspirando aliviada—. Terminado. ¿Qué tal las alpacas? —sonrió dándose la vuelta hacia él—. Finn, ¿qué te pasa? —añadió dejando de sonreír al ver la expresión de su cara.

—Maggie, esto no puede seguir —dijo bruscamente.

Tuvo que girarse para no mirarla. De lo contrario, traicionaría sus verdaderos sentimientos y lo último que quería era suplicarle que se quedara con él, que dejara su vida de Londres y se fuera a vivir con él. Al fin y al cabo, ya sabía la respuesta.

Sus duras palabras, la dejaron helada y en silencio. Sabía que, si intentara hablar, se pondría a llorar.

Lo que se moría por oír era lo mucho que había significado la noche que habían pasado juntos, que le había abierto los ojos y había decidido que lo suyo no podía ocupar un segundo plano en sus vidas. Como cualquier mujer enamorada, quería oír que sus sentimientos eran correspondidos. Quería que Finn le dijera que la quería y que nunca se iba a separar de ella. Sin embargo, en lugar de eso, lo único que oía era el eco de sus palabras retumbando en su maltrecho corazón.

Desesperada, intentó hablar.

—Anoche… —consiguió decir en un hilo de voz. —Sexualmente, la química entre nosotros es explosiva —la interrumpió—. Eso no lo podemos negar. Nunca he… —se calló entristecido.

—¿Nunca has qué? —lo instó Maggie, decidida a hacer más daño—. ¿Nunca habías conocido a una mujer más dispuesta a irse a la cama contigo? —añadió con una sonrisa que le impedía a él ver sus verdaderos sentimientos—. Disfrutar del sexo no es un delito, ¿no? Los hombres lo hacéis continuamente.

Se dio cuenta de que era como si el corazón se le estuviera secando, como si se estuviera marchitando, pero, de ninguna manera, iba a dejar que él se diera cuenta. ¿Cómo se podía haber equivocado tanto? ¿Cómo había sido tan tonta de creer que había algo especial, que algo había sucedido que iba a cambiar sus vidas? Solo porque… solo porque la había mirado, la había tocado, la había hecho sentir y pensar que era importante para él…

Le temblaban tanto las manos, que apenas podía guardar el portátil.

—Ya casi no hay nieve —anunció—. No hay motivo para que me quede más tiempo.

—¿No te olvidas de algo? —dijo Finn mientras ella iba hacia la puerta.

Por un momento, Maggie pensó que solo había sido una broma, que la había puesto a prueba, pero, al darse la vuelta, vio que lo que le iba a decir no iba a ser precisamente una declaración de amor. Apretó los dientes desesperada por no derrumbarse delante de él.

—¿De qué?

—No hemos solucionado lo del alquiler de Dower House —le recordó Finn.

¿Cómo podía pensar en eso en un momento así?

«¿Cómo estoy tan loco?», se recriminó a sí mismo. Sabía que no debía arriesgarse a volver a verla, pero no podía evitarlo y allí estaba, agarrándose a la última excusa que se le había ocurrido, aun a sabiendas de que, si su abuela vivía allí, Maggie iría a visitarla.

—Querías que cumpliera la condición de no venir nunca con mi inexistente novio a Dower House —contestó sin saber cómo no se le quebraba la voz—. Pues mira, te voy a prometer algo mejor. No voy a venir nunca.

—¿No vas a querer ver a tu abuela? —preguntó él con el ceño fruncido.

¿Se había creído que iba a poner de excusa a su abuela para verlo a él? El orgullo la impidió irse abajo.

—Por supuesto que sí —contestó—, pero no tengo por qué molestarte con mi presencia. La puedo ver en Londres.

Abrió la puerta y pisó la nieve sin reparar en ella. Mientras la veía avanzar hacia el coche, Finn pensó que todavía estaba a tiempo de correr hasta ella y decirle que no podía dejar que se fuera. Maggie abrió la puerta del coche y aguantó la respiración.

Finn estaba en la puerta principal, muy cerca sólo la separaban de él unos pasos. Las lágrimas le nublaban la vista. ¿Qué le había dicho? «Esto no puede seguir...»

. No podría haberle hecho más daño. Había dejado muy claro que no la quería volver a ver. No tenía más opción que alejarse de él. Al menos, su orgullo, lo único que le quedaba, quedaría intacto porque su corazón estaba hecho pedazos.

Capítulo 9

PRONTO sería Navidad. Maggie ya sabía lo que le iba a regalar a su abuela. Siempre y cuando sus abogados y los de Finn tuvieran el contrato de alquiler de Dower House listo y firmado a tiempo.

Finn.

Maggie se había ido de Shropshire jurando que nunca volvería a tener contacto con él, pero, al visitar a su abuela, la había encontrado más triste y delicada que nunca.

—Echo mucho de menos a tu abuelo —le dijo—. Esta casa está tan vacía sin él, sin su alegría, sin su sentido del humor, sin su amor por la vida. Él era mi fuerza, Maggie, y sin él...

Se interrumpió y miró al horizonte. Maggie sintió que se le rompía el corazón.

Angustiada, se había puesto a hacer planes... lo más importante una carta a Finn que había escrito con todo su corazón al imaginárselo abriéndola y leyéndola.

El correo electrónico que le había enviado él la había pillado por sorpresa. Tal y como le explicaba escuetamente en el mensaje, se había tenido que comprar un ordenador porque cada vez estaba más liado con las obras de la casa y la gestión de la finca.

Sabía que su abuela esperaba que pasara las fiestas navideñas con ella, como de costumbre, y que iba a querer ir a la tumba de su abuelo la mañana del día de Navidad, así que, aunque el contrato estuviera en orden a tiempo, tal vez no pudieran ir a Dower House aquel mismo día. Por eso, estaba confeccionando un álbum con cosas sobre la casa y sobre los primeros días de casados de sus abuelos para regalárselo a su abuela el día de Navidad.

Hasta el momento, había conseguido sacar de los álbumes de su abuela varias fotografías de los dos en Dower House. Al verlos tan jóvenes y enamorados, Maggie había sentido que se le hacía un nudo en la garganta.

A través de sus abogados, Maggie le había pedido a Finn una fotografía actual de la casa explicándole para lo que era, pero no había obtenido respuesta aún.

Había preguntado a su abuela en varias ocasiones por los días felices de recién casados para ver si, así, conseguía animarla.

Le habló de las rosas preferidas de su abuelo y Maggie se había lanzado como una loca a buscarlas para plantarlas en el jardín de Dower House. Como era de esperar, Gayle había dado con una empresa que las tenía y Maggie había ido a verlos para explicarles lo importante que era para ella conseguirlas. Para su alivio, le habían dicho que no había ningún problema, pero que esa especie en concreto había que plantarla nada más llegar al destino.

Habría que esperar a que su abuela se hubiera mudado a Dower House y el jardín estuviera acondicionado para mandarlas llevar. La empresa le había regalado un libro sobre la especie para regalo para su abuela.

Tenía una fotografía de su abuelo cuando era joven y quería hacer un montaje con la fotografía actual de Dower House, pero tendría que esperar hasta que Finn diera señales de vida.

La inestimable ayuda de Gayle la convenció de que su secretaria se merecía sin duda la paga extra que había pensado darle por lo bien que había trabajado durante todo el año.

Al volver al trabajo, le sorprendió que le dijera que había cambiado.

—¿Cambiado... en qué sentido? —preguntó Maggie enseguida.

—No estoy segura —contestó Gayle—, pero pareces distinta, menos... acelerada —añadió casi en tono de disculpa.

¿Acelerada? —repitió confusa. Desde luego, siempre se había enorgullecido de la entrega con la que trabajaba, pero no le gustó mucho que la describieran así. Tampoco le gustaba descubrirse a sí misma mirando al vacío pensando en Finn.

Tenía su trabajo, sus amigas, su abuela y sus planes. No iba a ponerse a pensar a aquellas alturas que no era suficiente solo porque… ¿Por qué? ¿Porque Finn no la quisiera?

Maggie frunció el ceño y agarró el abrigo. Tenía una cena con una cliente que le iba a proponer que se fusionaran.

Bella Jensen era una divorciada de cuarenta y pico años que, tras su ruptura, había montado una pequeña empresa de informática que iba muy bien. Le había contado a Maggie que había tenido la satisfacción de que la empresa de su ex marido le hubiera rogado que trabajara para ellos porque, sin sus conocimientos de informática, estaban perdidos.

Su marido había vendido la empresa que habían montado juntos antes de divorciarse diciendo que Bella no había contribuido en nada. Así que, cuando había tenido que desdecirse, ella había disfrutado de lo lindo. Aparte de la compensación económica que le había tenido que dar, claro…

De aquello sacó en claro que cada vez más empresas demandaban personal con amplios conocimientos de informática y había tenido relación con Maggie precisamente por eso.

A Maggie le caía bien y, en otra situación, habría estado encantada de salir con ella a cenar, pero parecía haber perdido la capacidad para disfrutar de las cosas. Le parecía como si su vida, en presente y en futuro, se hubiera ido a pique... ¿Por qué?

¿De verdad no lo sabía?

Le costaba mucho no dejarse llevar por la idea de que el rechazo de Finn había sido el mismo que el de sus padres, que no la querían. No, eso habría sido hacerse la víctima y eso no lo iba a permitir jamás.

Como era de esperar, Bella había elegido uno de los restaurantes más de moda de Londres, que estaba situado en un hotel.

—Me encanta tu traje —le dijo entusiasmada al saludarse con un abrazo en el vestíbulo—. Has adelgazado —añadió mientras las conducían a su mesa—. Me he apuntado a clases del método Pilatos, pero solo he ido a una —admitió mientras miraban la carta.

El restaurante estaba lleno. Maggie miró a su alrededor y vio varias caras conocidas de la prensa y la televisión.

—Me dijiste que tenías en mente un nuevo negocio del que querías hablarme, ¿no? —le recordó a Bella.

Mmm… como sabrás, con la llegada de tantos bancos estadounidenses a la City, han llegado muchísimos ejecutivos del otro lado del Atlántico.

Maggie asintió.

—Más de la mitad de mis empleados vienen del Silicon Valley y estoy pensando seriamente expandir mi empresa por Estados Unidos. Tendré que conseguir un socio allí, pero no hay problema. Lo que quiero saber es si a ti te interesaría quedarte con aquellos de mis empleados que quieran quedarse en el Reino Unido.

—Bella, yo soy cazatalentos, no…

—No me digas que no todavía. Piénsatelo —dijo Bella con determinación—. Tienes madera para hacerlo. No hay mejor para cuidar de mi gente que tú. Económicamente, te vendrá bien. Al menos en teoría, uno puede trabajar desde cualquier rincón del mundo con todo la tecnología moderna y el hecho de que yo vaya a estar en Estados Unidos no tendría por qué cambiar nada. Sin embargo, mis empleados son activos muy valiosos, algunos tienen personalidades muy frágiles que hay que mimar. Y eso, a ti, se te da bien, Maggie. Lo que había pensado era una sociedad en la que... ¡Guau!

Bella se interrumpió.

—Mira esa mesa de ahí —dijo—. Mmm —suspiró—. No hay nada mejor en el mundo que un hombre fuerte y guapo para hacerla sentir a una mujer. Y ese de ahí, desde luego, es muy hombre.

Maggie miró en la dirección que le estaba indicando Bella y se quedó petrificada. El hombre que había obnubilado a Bella era Finn. Finn, allí, en Londres, ciudad que aborrecía, y cenando con una mujer de las que supuestamente huía: una deslumbrante y elegante castaña que estaba inclinándose sobre la mesa y poniéndole la mano sobre la muñeca con un sonrisa...

—Maggie, ¿estás bien?

Sin saber muy bien cómo, consiguió tragarse la bola de dolor e ira y dejar de mirar a aquellos dos que, obviamente, no habían reparado en su presencia.

—Sí, sí, estoy bien —mintió—. Bella, lo siento, pero me temo que me voy a tener que ir. Se me olvidó cuando quedé a cenar contigo que tenía otra cosa que hacer.

Se levantó, desesperada por salir del restaurante antes de que Finn la viera, desesperada por escapar de aquella situación que la estaba destrozando.

Bella estaba muy sorprendida y no paraba

de decirle que pensara en lo que le había propuesto.

—Sí, sí —le prometió Maggie.

Por favor, por favor, que pudiera irse sin que Finn la viera...

Finn intentó disimular su impaciencia mientras su abogada le contaba los problemas que habían tenido con el contrato de Dower House.

Maggie había pedido fotografías, así que él mismo se había pasado una tarde entera haciendo fotos de la casa por dentro y por fuera. Las tenía en el maletín y pensaba llevárselas en persona. Las podría haber mandado por correo, pero, como tenía que ver a su abogada, le había parecido más lógico dárselas en la mano.

—No me puedo creer que, por fin, haya conseguido que vengas a Londres —dijo Tina inclinándose y dándole un golpecito en la mano—. Finn, ¿estás ahí?

—Lo siento —se disculpó—. ¿Qué me estabas diciendo...?

—He estado hablando con Paul y parece que, por fin, tenemos el contrato listo.

Paul era su marido y socio. Finn los conocía de sus tiempos en la City.

—Por cierto, ¿sabes qué? Paul quiere comprar un sitio más grande. Tienen contratos con tantas empresas que...

Se interrumpió cuando el ruido de una silla sobre el inmaculado suelo de madera rompió el silencio del local. Ambos miraron en la dirección oportuna.

Maggie... allí... Finn no se lo podía creer. Se levantó, pero Maggie ya estaba casi en la puerta.

—Finn, ¿qué te pasa? —preguntó Tina divertida.

—Nada... no quiero meterte prisa, pero tengo que ver a otra persona.

Maggie... Finn sintió que se le salía el corazón del pecho. Debería sentirse avergonzado por la satisfacción que le produjo ver que Maggie estaba cenando con una mujer. El dolor de perderla que se había convertido en algo permanente en su vida se convirtió en un agonizante deseo.

Si amarla era un infierno, vivir sin ella era todavía peor, pero no podría soportar una relación a tiempo parcial, saberse por detrás de su trabajo.

Finn quería que lo deseara y que lo amara con el mismo grado de compromiso que él la deseaba y la amaba.

Recogió los papeles que Tina le había dado y abrió el maletín para meterlos. Bajo el sobre de las fotografías de Dower House, llevaba unos cuantos folletos de apartamentos de un dormitorio, por si Maggie…

Cerró el maletín y dio un beso de despedida a Tina.

No había avisado a Maggie de que quería verla por si se negaba. Tomó un taxi y le dio su dirección al conductor rezando para que se hubiera ido a casa.

En cuanto dejó el abrigo y el bolso y se hubo quitado los zapatos, Maggie entró como un huracán en la cocina y se puso a abrir todos los armarios. Daba igual que tuviera el congelador lleno de chile, tenía que hacer más. Hacer chile la tranquilizaba y le recordaba que era una mujer adulta e independiente qué podía hacer lo que quisiera.

Excepto dejar de amar a Finn.

Se paró en seco al oír el timbre. Sería la vecina para contarle sus problemas con su actual novio.

No era su vecina… era Finn…

Se preguntó qué habría hecho para que Bill lo dejara entrar.

Finn supuso lo que estaba pensando mientras recordaba la historia lacrimógena que le acababa de contar al portero.

—Me juego la vida dejándolo entrar sin avisar —le había dicho.

Finn rezó para que, si algún día la conocía, la abuela de Maggie le perdonara haber utilizado su nombre, pero aquello fue mucho mas eficaz que el dinero que le había dado.

Maggie se dejó invadir por el deseo y lo miró con hambre. El traje que llevaba enfatizaba su cuerpo musculoso.

Se apartó de la puerta y vio que tenía la marca de unos labios en la mejilla. Sin poder evitarlo, se quedó mirando imaginándose lo que la seductora castaña habría hecho para convencerlo de que se quedara.

—Te he traído unas fotografías... de Dower House —dijo Finn cerrando la puerta—. No quería que se perdieran en el correo y, además, tenía que venir a Londres a ver a una persona...

—Sí, ya te he visto con ella en el restaurante —lo interrumpió Maggie con fiereza mientras su cerebro le aconsejaba que se controlara su lengua—. Es obvio que algunas mujeres de ciudad sí cuentan con tu aprobación. Será mejor que te vayas, por favor.

—Pero...

—Sí, que te vayas —insistió Maggie—. Ahora mismo.

Consiguió llegar a la puerta sin tocarlo.

—Es una suerte que en la ciudad no haya vados inundados de repente ni se desaten tormentas imprevistas —dijo agarrando el pomo de la puerta con dolor—, así que no vas a tener que... ¡Oh! —dijo cuando se fue la luz.

Su secreto miedo a la oscuridad era un recuerdo de la infancia que la mortificaba, pero no puedo evitar sentir pánico.

Intentó controlarse.

—Han debido de ser los fusibles —dijo sin poder moverse del sitio.

—Más bien parece un apagón general —contestó él. Por su voz supo que iba hacia el salón—. Está todo a oscuras. No se ve ni una sola luz.

Todo a oscuras. Sin luz. Maggie empezó a temblar.

—Estamos en la ciudad. Aquí no se producen apagones de repente.

—Claro... igual que los vados no se inundan así como así y no nieva en noviembre —dijo él con sarcasmo—. Bueno, te guste o no, no pienso irme y dejarte sola hasta que vuelva la luz.

Aunque le diera vergüenza reconocerlo, aquello la alivió profundamente.

—Seguro que la chica que te acompañaba en el restaurante sería más divertida que yo —añadió para castigarse por ello.

—¿Tina? Es mi abogada. Su marido, Paul, y ella son amigos míos desde que trabajaba aquí.

Su abogada. Maggie dio gracias a la oscuridad por esconder su sonrojo y, más importante, la oleada de felicidad que la recorría de pies a cabeza.

—No hay necesidad de que te quedes —insistió sin embargo.

—Si crees que te voy a dejar sola en una situación así...

Maggie sintió que se le disparaba el corazón. Sabía que, si él se iba, ella se quedaría hecha un ovillo hasta que volviera la luz.

—¿Tienes velas?

—Sí... sí, tengo. Están... en la cocina —contestó aterrada ante la idea de tener que ir a la cocina a oscuras. Prefería quedarse donde estaba.

Esperó con la boca seca a que Finn le dijera que fuera por ellas.

—Vamos a buscarlas —dijo—. Tú me guías —añadió agarrándola de la mano.

Oh, qué bendición. Maggie cerró los ojos y tomó aire. Finn estaba allí para protegerla y darle el valor que necesitaba para ordenar, a sus piernas que se movieran hacia la cocina.

Sentía a Finn detrás de ella mientras abría la puerta del armario donde estaban las velas y las cerillas. Al darse la vuelta para dárselo todo, se encontró con que lo tenía tan cerca, que sus cuerpos se tocaron y, de la agitación, se le cayeron las cerillas.

Ambos se agacharon a recogerlas al mismo tiempo y Maggie sintió su aliento cálido en la cara. Sintió un salvaje deseo por él y luchó contra él como pudo.

Aunque se estuviera comportando como un caballero, no podía volver a creer que significaba algo y, menos, que ese algo fuera a impulsarla a decirle que ya no creía imprescindible vivir en la ciudad, que podía vivir desde el campo y llevar la empresa desde allí. Y tampoco le iba a contar las innumerables noches que se había pasado en vela pensando en él y en las que habría dado cualquier cosa, lo que fuera, por estar con él, por estar entre sus brazos, por verse en su cama, envuelta en su amor.

Oyó el ruido de la cerilla al encenderse y vio los rasgos de la cara de Finn iluminados por la llama antes de que la tapara con la mano y encendiera las velas.

¿Qué tenían las velas que nada más encenderlas hacían que cualquier sitio, por muy normal que fuera, se convirtiera en un lugar sensual y romántico? Al levantarse, vio que Finn miraba la cocina.

—¿Estás haciendo chile? —preguntó con el ceño fruncido.

—Sí, ¿por qué? —dijo ella a la defensiva—. Me gusta. No creo que sea asunto tuyo.

—Espero que te guste, sí —dijo él ignorando la última frase porque tienes para dar y regalar. ¿Has aprendido a hacerlo en estos meses?

Su mirada penetrante la estaba poniendo nerviosa.

—No llevas zapatos —añadió Finn—. Qué bajita eres —añadió sonriente.

—De eso nada —protestó Maggie indignada.

—¿Cómo que no? Bajita, cabezota y... —se interrumpió para dejar la vela en la encimera antes de acercarse a ella.

Maggie se echó hacia atrás presa del pánico y, al hacerlo, tiró al suelo las velas, que se apagaron.

La oscuridad la hizo gritar.

—Maggie, ¿qué te pasa? ¿Estás bien?

—No, no estoy bien —le espetó—. Odio la oscuridad. Me da miedo.

En el silencio que siguió a su confesión, se maldijo a sí misma por haber abierto la boca. ¿Por qué se lo había dicho? Iba a creer que era tonta, pero no pudo evitar seguir.

—Me da miedo y me...

—Yo odio las arañas —dijo Finn—. Me dan pavor. Suelo tener pesadillas...

Maggie escuchó su respiración en la oscuridad. Saber que había algo que le daba miedo a Finn y el hecho de que se lo hubiera contado hizo que sintiera una oleada de amor protector.

—Lo tuyo, por lo menos, tiene solución, pero las arañas no se van.

Sin pensar en lo que estaba haciendo, Maggie dio un paso hacia él.

—¿Qué te parece si tú me proteges de las arañas y yo te protejo de la oscuridad? —propuso Finn.

Debía de haberse acercado también porque oía su voz muy cerca de su oído y sentía su brazo alrededor de la cintura y sus labios...

—¿De verdad crees que es una buena idea? —susurró Maggie. Con los labios de Finn tan cerca apenas podía respirar o hablar.

—Mmm. Sí, y esta es todavía mejor —murmuró abrazándola y besándola con pasión.

Maggie sintió que se le iba la cabeza cuando su cuerpo, completamente arrebatado por el deseo, se fundió con el de Finn.

—Dios mío, Maggie, si supieras lo mucho que te echado de menos. Cuánto te he deseado —gimió él.

Maggie solo pudo abrazarlo y abrir la boca a su lengua. Con los ojos cerrados, la oscuridad no le importaba porque veía lo único que le importaba. A Finn. Le tocó la cara y percibió su excitación.

Con una necesidad que la sorprendió, Finn

la estaba desnudando sin parar de temblar.

—Dios mío; qué suave eres —jadeó en su cuello—. Tu olor en mi cama me estaba volviendo loco. Todas las noches, cierro los ojos y te veo... y quiero tocarte. Estás en el aire que respiro, Maggie, en todos mis pensamientos... en mi corazón... y en mi alma.

Maggie ahogó una exclamación al sentir la palma de su mano sobre su pecho desnudo.

—Desnúdame, Maggie. Méteme en tu cama. Demuéstrame que me deseas. Sé la mujer apasionada que sé que puedes ser, a la que no le da miedo que el amor sea lo más importante de su vida.

Aquellas palabras llenaron su corazón de deseo salvaje.

—No hay nada más importante que tú... y esto —añadió Finn—. Bésame, Maggie. Demuéstrame que me deseas —suplicó besándola.

La oscuridad, temida y enemiga durante tantos años, se había convertido de repente en la aliada bajo cuyo cobijo podía dar rienda suelta a lo que le estaba pidiendo.

Hicieron el amor rápida y apasionadamente, entre ruido de botones y cremalleras, jadeos y gritos de placer, sobre todo, el de Maggie cuando Finn la colocó sobre la encimera y se introdujo en su cuerpo. Entonces, se dio cuenta de lo mucho que lo había echado de menos, de lo mucho que su cuerpo anhelaba su posesión.

Tras su orgasmo, llegó el de Finn, que la inundó.

Mientras la retiraba de la encimera sin parar de besarla, Maggie no podía dejar de temblar y de intentar analizar lo que había ocurrido.

—Maggie, Maggie... —repetía acariciándole la cara con los pulgares y borrando las huellas de las lágrimas que habían seguido al orgasmo—. Quiero...

Ambos parpadearon cuando volvió la luz. Maggie vio que le había arañado el hombro. El suelo de la cocina estaba lleno de ropa y olía a pasión... y a Finn. Quería suplicarle que se quedara, que haría lo que fuera para compartir su vida con él. La intensidad de sus sentimientos la hizo sentirse débil. Sintió deseos de meterse en la cama y taparse hasta la cabeza. No, lo que quería en realidad era meterse en la cama con él y apretarse contra su cuerpo mientras él la abrazaba y le decía cuánto la quería.

Pero no la quería.

Sin poder soportar la idea de mirarlo, se vistió a toda velocidad.

—No te puedes quedar. Quiero que te vayas... Finn también había terminado de vestirse.

—Maggie… —dijo.

Pero Maggie no quería oírlo, estaba a punto de suplicarle que le hiciera un hueco en su vida. Pasó de largo a su lado y se dirigió al salón.

Finn la siguió, maldiciéndose en silencio. ¿Cómo no iba a querer que se fuera después de cómo se había comportado? ¿Por qué diablos no había ido más despacio? ¿No lo sabía acaso? Verla, olerla… había sido suficiente para desatar la pasión que sentía por ella. Al pensar en el momento en el que había entrado en su cuerpo, en su húmedo y cálido interior, en…

Había cruzado el salón e iba hacia el pasillo, obviamente decidida a que se fuera.

—Maggie… espera… tengo el contrato para que lo mires. Tina me lo acaba de dar. Y las fotografías de las que te he hablado… —dijo agarrando el maletín y abriéndolo.

Maggie se giró y lo miró. Llevado por la desesperación, Finn había tirado el maletín y se le habían caído todos los papeles al suelo. Lo vio recoger todo y se quedó de piedra al ver los folletos de Londres—. ¿Te vas a comprar un piso aquí? —preguntó confundida.

Finn sintió ganas de mentir, de decirle que era para un amigo, pero ¿de qué le serviría?

—Sí —contestó—. No quiero una relación a tiempo parcial contigo. Creí que era mejor dejarlo por completo que vivir en los límites de tu vida, entre citas de negocios, sabiendo que mi amor por ti era menos importante que el trabajo, pero lo que he sentido estas últimas semanas me ha hecho cambiar de opinión. Una de las razones por las que he venido a Londres ha sido para verte y... decirte... preguntarte si... sería de ayuda si durmiéramos un par de noches a la semana en Londres. Así...

—¿Harías eso por mí? —preguntó ella sin dejarlo terminar—. ¿Estarías dispuesto a comprarte un piso en Londres para verme...?

Su voz y su mirada hicieron que a Finn se le acelerara el corazón.

—Por tu amor, Maggie, haría... haría lo que fuera —admitió—. Puede que vivir en la ciudad sea un infierno, pero vivir sin ti es peor todavía, es el dolor total.

—Oh, Finn —suspiró Maggie corriendo a sus brazos.

Finn la abrazó y la besó con pasión.

—¿Lo harías, Maggie? ¿Me dejas entrar en tu vida para compartirlo todo contigo?

—¿Durante dos noches en Londres? —preguntó Maggie mirándolo a los ojos.

La esperanza y el dolor que vio en ellos le rompieron el corazón. Aunque no le hubiera dicho que la quería, no hacía falta. Lo estaba viendo en su cara.

—Sí. ¿Lo harías? —repitió Finn.

Maggie negó con la cabeza lentamente.

—No —dijo.

—No... —repitió él blanco de la impresión y de la angustia—. Maggie... —se interrumpió cuando ella le puso un dedo sobre los labios.

—No, Finn, tú ya has hablado —le dijo con ternura—. Ahora me toca a mí. Esta noche, cuando te vi en el restaurante, casi me muero de celos. Cuando me dijiste que lo nuestro no podía ser, ¿recuerdas?, me sentí la mujer más desdichada del mundo.

—Recuerdo haber dicho algo, haber sentido... sabido que me iba a volver loco si no encontraba la manera de estar juntos como pareja y no como enemigos.

—Yo creí que me estabas diciendo que no me querías —susurró Maggie—. Te estaba esperando a que volvieras de ver al ganado para decirte...

Se interrumpió y le acarició el brazo con dedos temblorosos. Sintió que, pese a la inocencia de sus caricias, Finn se tensaba.

—¿Maggie...? —suplicó Finn.

—Perdón —se disculpó sonrojándose—. No era mi intención... es que me encanta tocarte.

—Maggie —le advirtió casi gimiendo.

—Sí —dijo ella recordando la conversación—. Bueno, mientras tú estabas fuera estuve pensando que no me resultaría difícil en absoluto trabajar desde Shropshire… —añadió mirándolo.

—¿Por qué no me lo dijiste? —preguntó él desesperado.

—Yo… porque me pareció que me estabas rechazando —contestó Maggie.

—Rechazándote… —Finn cerró los ojos y tomó aire—. ¿Después de haber hecho el amor como lo habíamos hecho? ¿Me estás diciendo que hemos estado estas últimas cuatro semanas separados y podríamos haber estado juntos? Me he pasado todos los días y todas las noches deseándote, Maggie. Dios, qué noches. ¿Te haces una idea de…?

—Sí —contestó ella con sinceridad—. ¡Me lo imagino perfectamente! —exclamó intentando controlar la enorme felicidad de saber que la quería tanto.

—¿De verdad estás dispuesta a trabajar desde Shropshire para estar conmigo? —preguntó Finn sin podérselo creer.

—Me parece de sentido común —contestó ella—. Todo el mundo está frenando el ritmo de trabajo actualmente y anteponiendo la vida personal a la laboral. En mi trabajo, es muy importante estar en la misma onda que el cliente…

—¿O sea que es una decisión de negocios?

—No del todo —contestó ella encantada ante sus besos. De repente, abrió los ojos y lo miró muy seria—. No tendré que llevar botas, ¿verdad, Finn? Porque no me las pienso poner a menos que...

—¿Sean de marca?

—Mmm —dijo ella dejándose llevar por el placer de sus besos.

—Mmm —dijo él arrebatado por el deseo.

—Finn, ¿qué estás haciendo? preguntó Maggie. Llevaban seis horas casados. Se habían reído en secreto al oír en el altar la Marcha Triunfal de Haendel, pieza que habían elegido después de que Maggie le hubiera contado sus pensamientos de aquella fatídica mañana.

Después de haber dejado a su abuela en Dower House tras la celebración, estaban yendo hacia el aeropuerto para irse de luna de miel. Sin embargo, en lugar de ir hacia el aeropuerto, Finn estaba...

Maggie miró por la ventanilla sin poderse creer que Finn estuviera yendo hacia el vado en el que se habían conocido.

Cuando paró el coche en mitad del agua, ella lo miró acusadora. Llevaba puestos unos pantalones blancos de seda y unas de sus sandalias de tacón de aguja preferidas.

—Cuando nos conocimos, hubo algo que

quise hacer y que me arrepentí siempre de no hacer —dijo Finn.

Al ver el brillo en sus ojos, Maggie sintió una excitación femenina muy especial.

—¿Y de qué se trata? —bromeó intuyendo a qué se refería. Si se hubieran besado entonces, tal vez, se habrían ahorrado muchos momentos amargos, pero de ellos habían aprendido ambos el valor del amor de verdad y ambos se respetaban en una relación en la que los dos eran completamente iguales.

—De esto —contestó Finn bajando del coche y yendo hacia su puerta. Maggie dejó que la bajara y se rió encantada esperando que la besara. Sin embargo, Finn le dio unos cuantos azotes en el trasero.

—Finn... —protestó indignada a pesar de que no le había hecho daño y que le había parecido de lo más sensual. Sin embargo, se calló porque, por fin, la estaba besando y lo estaba haciendo con pasión.

—Y esto... —añadió él—. ¿Cómo fuiste tan loca como para jugarte tu precioso e irremplazable cuello cruzando el vado en tu coche? Cuando pienso en lo que te podría haber pasado... ¿Qué te ocurre?

—Mis zapatos —contestó Maggie—. Se me han caído...

—Bien. Así no podrás escaparte de mí

—dijo Finn volviéndola a meter en el coche. Maggie le dijo algo al oído.

—¿Descalza y qué más?

—Ya me has oído —rió Maggie—. Además, no pienso escaparme nunca. Te quiero demasiado.

—Tanto como yo a ti.

—La abuela está feliz en Dower House —comentó Maggie encantada de camino al aeropuerto.

—Mmm... y más que va a estar cuando le demos la buena nueva después del viaje.

Se miraron con amor. La noticia del embarazo de Maggie era demasiado reciente como para compartirla con nadie más. Tal y como Finn le había dicho aquella misma mañana «era la prueba de amor más maravillosa que le podía haber dado, aparte de ella misma, claro...»

—Lo dicho —dijo Maggie—. ¡Eres un hombre de campo chapado a la antigua que quiere que su mujer esté descalza y embarazada!

—No —la corrigió Finn con ternura—. Lo que quiero... lo único que quiero... es que seas feliz, Maggie.

—Bien —dijo el céfiro frotándose las manos y mirando por encima del ala del nuevo—. Esos dos ya están. Los siguientes...